August von Kotzebue

Falsche Schaam - Ein Schauspiel in vier Akten

August von Kotzebue

Falsche Schaam - Ein Schauspiel in vier Akten

ISBN/EAN: 9783743644120

Hergestellt in Europa, USA, Kanada, Australien, Japan

Cover: Foto ©Andreas Hilbeck / pixelio.de

Weitere Bücher finden Sie auf **www.hansebooks.com**

Falsche Schaam.

Ein

Schauspiel

in vier Akten.

Von

August von Kotzebue.

Leipzig
bei Paul Gotthelf Kummer
1798.

Personen.

Hofrath Flachsland.

Die Hofräthin, seine zweite Frau.

Minchen, seine Tochter aus der ersten Ehe.

Emmy, seine Pflegetochter.

Hauptmann Erlach.

Herr von Hügel, ein Landedelmann.

Der Vicomte de Maillac, ein Emigrant.

Frelon, sein Bedienter.

Madame Moreau.

Jahn, des Hofraths alter Gärtner.

(Der Schauplatz ist unverändert im Garten des
Hofraths. An einer Seite der Bühne läuft eine
Hecke hinab, in welcher eine Laube angebracht
ist; an der andern stehen zwei hohe in einander
verschlungene Lindenbäume, welche eine Rasen-
bank beschatten.)

Erster Akt.

Erste Scene.

Jahn (auf einer Gartenleiter, beschneidet die
Hecke, und brummt dabei ein Liedgen in den
Bart. Dazwischen schwazt er:)

Ueppige Auswüchse — hier und überall —
werden nur nicht überall beschnitten — Ho! ho!
wenn ich mit meiner Scheere nur Einmal unter
dem Gesindel wirthschaften dürfte, das hier im
fetten Lande schmaruzt; knaps! knaps! wie
sollten die Köpfe fliegen! (Er singt, dann hält er
wieder inne.) Armer Hofrath! sonst war die
Freude hier im Garten ein perennirendes Ge-
wächs,

wächs, sie blühte ohne Pflege lustig in allen Winkeln — jezt haben sie eine Hecke um meinen guten Herrn gezogen, so dick, daß kein Strahl mehr durchdringen kann — Ein Stacket von Schnitzwerk — das Wesen wird alle Tage bunter. — Man sieht es ihm auch wohl an, er vergeht wie eine Viola matronalis, an der Insekten nagen.

(Er singt und arbeitet.)

Zweite Scene.

Emmy (geht mit einem Strickstrumpfe langsam über die Bühne, und sagt im Vorbeigehn:) Guten Morgen, Jahn.

Jahn. Guten Morgen, Herzens-Mamsell. Ey, ey, schon so früh heraus? es ist ein starker Thau gefallen, Sie werden sich die Füßchen naß machen.

Emmy. Die Sonne schien mir ins Fenster, und lockte mich herunter.

(Sie geht ab.)

Jahn. (ihr nachsehend.) Ein feines Blümlein — und versteckt sich im Grase, wie eine

reise

reife Erdbeere. Der Himmel bewahre sie vor
naschenden Sperlingen. — Unser Minchen ist
auch gut, o ja, recht gut, aber sie rankt sich
nur zu viel an der Frau Stiefmama empor,
und da wird es vielleicht bald heißen: sie
w a r gut! —

(Er singt und arbeitet.)

Dritte Scene.

Frelon tritt auf.

Frelon. Bon jour, Maitre Jean.

Jahn (hält inne, sieht sich um, lächelt höhnisch
und fährt fort.)

Frelon (tritt näher, und schreyt:) He da!

Jahn. Was giebts?

Frelon. Ich sage: bon jour, Maitre
Jean.

Jahn. Und ich sage: geh' Er zum Teufel!
ich bin ein ehrlicher alter Mann, mit mir muß
man deutsch reden, versteht er mich, Mosje
bon jour?

Frelon.

Frelon. Maitre Jean brummt immer.

Jahn. Der Guckuk ist Maitre Jean — ich heiße Jahn — bleib' Er mir mit seinem franschen Krimskrams vom Leibe.

Frelon. Jahn! Jahn! so schreyen die Esel.

Jahn. Das höre ich eben.

Frelon. Maitre Jean klingt besser.

Jahn. Bei euch ist alles gut, wenn es nur klingt. Geh' Er, Musje Klingklang, und laß Er mich ungeschoren.

Frelon. Schaafe werden geschoren, aber Bären nicht.

Jahn. Nehme Er sich nur in Acht vor den Bärenklauen.

(Er singt und arbeitet.)

Frelon. Maitre Jean, avec permission, laß Er das Singen bleiben, er hat eine schlechte Stimme.

Jahn. Wer hindert ihn, sich fortzupacken?

Frelon. Mein Herr hat mir befohlen, hier auf ihn zu warten.

Jahn.

Jahn. So stelle Er sich dort in die Erbsen, und verscheuch' Er die Sperlinge, damit Er doch auch Einmal in seinem Leben zu etwas nutz wird.

Frelon. Seine Späßgen sind sehr deutsch.

Jahn. Für deutsches Brod mögt ihr auch deutsche Wahrheit hören.

Frelon (sich fächelnd.) Es wird heute ein heißer Tag werden.

Jahn. Im Teiche ist Schlamm, da kann er sich baden.

Frelon. Apropos, der Teich muß fort.

Jahn (auffahrend.) Was?

Frelon. Ich sage, der Teich muß fort.

Jahn (sieht ihn an, lächelt höhnisch, singt und arbeitet.)

Frelon. Laßt nur erst meinen Herrn mit der Tochter vom Hause Hochzeit machen, dann soll hier Alles ganz anders werden.

Jahn. Sein Herr? mit Mamsell Minchen?

Frelon. Ja, ja, der Herr Vicomte ist auf gutem Wege zu vergessen, was er seinen Erlauchten Ahnen schuldig ist.

Jahn.

Jahn. So? aber Mamsell Minchen wird nicht vergessen, was sie sich selbst schuldig ist.

Frelon. Mon ami, mein Herr ist gewohnt, den Damen die Köpfe zu verrücken.

Jahn. Ja, verrückt müssen sie seyn, wenn sie den um sich dulden.

Frelon. Respekt, Maitre Jean, es kostet mich Ein Wort, so fällt Er bei meinem Herrn in Ungnade.

Jahn. Ey!

Frelon. Ueberhaupt zweifle ich, daß mein Herr Ihn im Dienste behalten wird.

Jahn. So?

Frelon. Was den Küchengarten betrift, da mag Er allenfalls Seine Kunst verstehen, aber mon ami, Ihm fehlt Geschmack.

Jahn. Würklich?

Frelon. Die Bäume, die Hecken, die Tulpenflor, das mag in Holland gut genug seyn, aber wir lieben das nicht; wir wollen frappante Bäen, Ueberraschungen, Eremitagen, Grabmäler —

Jahn. Nun bin ich's satt.

Frelon.

Frelon. Er ist alt, mon ami. Er hat wenig Schönes gesehen, il faut lui passer son ignorance. Er mag hier immer als Untergärtner bleiben, aber wir werden einen Franzosen kommen lassen, einen deliziösen Menschen! ah! Maitre Jean, da soll er in die Schule gehn.

Jahn. Ich in die Schule gehn? (Er steigt von der Gartenleiter herab.)

Frelon. Der wird hier das Unterste zu Oberst kehren. Aus dem schlammigten Teiche wird er ein Bad der Diana machen, und aus dem baufälligen Treibhause einen chinesischen Kiosk.

Jahn. Kiosk! Je du verdammter Windbeutel! (Er greift nach einer Gießkanne, und fängt an dem Schwätzer die Beine zu begießen.)

Frelon (herum hüpfend.) Maitre Jean! Maitre Jean! was soll das heißen?

Jahn. Das Bad der Diane, Musje bonjour.

Frelon. Ich sage Ihm, laß Er das bleiben.

Jahn.

Jahn. Wenn es Ihm nicht gefällt, so krieche Er in den Kiosk.

(Er treibt ihn auf der Bühne herum.)

Vierte Scene.

Der Hofrath. Die Vorigen.

Hofrath. Jahn! was machst du?

Jahn. Ich begieße Unkraut.

Hofr. Weißt du nicht, in wessen Diensten der Mensch ist?

Jahn (halb in den Bart.) O ja, wie der Herr, so der Knecht.

Frelon (indem er sich die Füße mit dem Schnupftuch abtrocknet.) Maitre Jean ist sehr spaßhaft.

Hofr. Wo ist sein Herr?

Frelon. Vermuthlich noch auf dem Balle.

Hofr. (gezwungen lächelnd.) Bravo! das nenn' ich tanzen.

Frelon. Gegen Morgen schickte er mich fort, und befahl mir, hier auf ihn zu warten.

Hofr.

Hofr. (immer in einem nachläßigen, hingeworfenen Tone.) Ohne Zweifel wird der Herr Vicomte meine Frau nach Hause begleiten?

Frelon. Mein Herr weiß zu leben.

Hofr. Gieng es lustig zu?

Frelon. O ja, die Frau Hofräthin tanzt comme un ange, und Demoiselle Wilhelmine comme un Zephyr.

Hofr. War die Gesellschaft zahlreich?

Frelon. Die Frau Hofräthin saßen um Mitternacht in einem Cirkel von beau monde.

Hofr. (seinen Unmuth verbergend.) Wenn sie sich beim Nachhausefahren nur nicht verkältet.

Frelon. Sie hat den Phaeton zurück gesandt, der Herr von Hügel offerirte seinen Wagen.

Hofr. Der Herr von Hügel? ist der in der Stadt? das freut mich.

Frelon. Er kam gestern Abend in gestrecktem Gallop, stürzte sich vom Pferde, und flog auf den Ball. — Ventre-saint-gris! Maitre Jean hat mich so eingeweicht, daß ich um

Erlaub-

Erlaubniß bitten muß, meine chauſſure zu
wechſeln.

(Er macht einen luſtigen Krazfuß, und
verſchwindet.)

Fünfte Scene.

Der Hofrath und Jahn.

Hofr. Sagt mir doch, Jahn — ich komme eben da unten vom Baſſin — warum werden die Bäume mit Blumen-Guirlanden zuſammen gekettet?

Jahn. Die Frau Hofräthin hat es befohlen. Sie läßt mir die Malven und Stockroſen
im ganzen Garten plündern.

Hofr. Was ſoll's denn geben?

Jahn. Was weiß ich? ſie will da ein
Ding geben — der Windbeutel, der eben fort-
gieng, nannte es auf franzöſiſch, Muſje Roſat,
der Friſeur, hat es mir überſezt, es heißt —
ha! ha! ha! — ein tanzendes Frühſtück. Die
Köche haben die ganze Nacht gearbeitet, und die
Jungfern Schokolade gerieben.

Hofr.

Hofr. (mit erzwungener Gleichgültigkeit) So?

Jahn. Ey, ey, seit ein paar Jahren ist so viel Geräusch im Garten, daß die Nachtigallen sich ganz weggezogen haben.

Hofr. Je nun, lieber Alter, wenn nur Zufriedenheit hier immer ihr Nest baut.

Jahn. Ja, ja, Zufriedenheit ist ein liebes Vöglein; zieht aber zuweilen davon, wie die Schwalben.

Hofr. (seufzt und sucht es zu verbergen.)

Jahn. Nehmen Sie mir's nicht übel, Herr Hofrath, ich bin ein alter, grauer Diener, der andächtig zugesehen hat, als Sie getauft wurden. Sie wuchsen heran, und waren immer gern für sich. Wenn des Nachbars Kinder spielen wollten, so spielten Sie wohl zuweilen aus Gefälligkeit mit, aber dann sahen Sie gerade so aus als jetzt — nichts für ungut, Sie verstehn mich wohl.

Hofr. (lächelnd.) Wenn schon des Nachbars Kinder Anspruch auf meine Gefälligkeit machen durften, um so mehr meine liebe Frau.

Jahn.

Jahn. Aber dem Knaben wird oft leicht, was dem Manne blutsauer ankömmt. Das Bäumchen biegt sich, der Baum bricht. Wenn man so ein viertel Jahrhundert still und ruhig alle Tage den nemlichen Weg trabt, so macht man am Ende nicht gern mehr Seitensprünge.

Hofr. Meine Frau ist jung, ich bin schon über die vierzig, und muß daher meine Gefälligkeit verdoppeln. (mit Wärme.) Auch verdient sie mein ganzes Zutrauen, sie ist eine so gute, brave Frau —

Jahn. Sehr wohl, wenn sie mir nur den schönen Garten zufrieden ließe.

Hofr. Wie so, Alter? was legt sie dir in den Weg?

Jahn. Ach, lieber Herr Hofrath! der Garten ist mein Paradies. Mein Vater, Gott hab' ihn selig! hat den Garten angelegt, ich bin darin gebohren und erzogen, und außer ein paar Jahren, die ich der Kunst zu Liebe in Holland zubrachte, habe ich fast keinen Fuß vor die Thür gesezt. Jedes Obstbäumchen ist von meiner Hand gepfropft, und was meine Arme

jezt

jezt kaum umspannen, habe ich als schwache
Reiser gekannt. Ich dachte so: da hinten nach
der Wiese zu ist ein Grasplätzchen — man wird
es eben nicht gewahr — es stehen dort einige
Birken an der Gartenmauer, wo ich des Abends
mein Pfeischen rauche —

Hofr. Nun?

Jahn. Da dachte ich so: wenn du dem
Herrn Hofrath ein gut Wort giebst, so läßt er
dich wohl Einmal dahin begraben.

Hofr. Das soll geschehen, guter Alter.

Jahn. Ja, du lieber Gott! wer weiß
wie lange die Birken noch dort stehen. Die
Frau Hofräthin hat Allerley im Sinne: die
Mauer soll niedergerissen, und die Wiese mit
jungen Bäumen bepflanzt werden, da will sie
krumme Gänge anlegen, ein Stück Kornfeld,
einen Musenberg, und was weiß ich! da werden meine Birken wohl im Wege stehn.

Hofr. Deine Birken soll Niemand antasten.

Jahn. Wer wird sich der armen Birken
annehmen, wenn nicht einmal diese Linden verschont bleiben.

Hofr.

Hofr: Welche Linden?

Jahn (auf die beiden verschlungenen Linden deutend.) Kennen Sie Ihre Zöglinge nicht mehr? Sie und Mamsell Philippine pflanzten Sie am Geburtstage Ihrer braven Frau Mutter.

Hofr. O ich erinnere mich dessen noch sehr wohl.

Jahn. Sie waren damals beide noch Kinder, kaum so hoch als dieser Rosenstock, Ihre Mamsell Schwester ein wenig größer. Und als Sie nun die Reiser in die Erde gesteckt hatten, da gaben sie sich über den Reisern die Händchen, und küßten sich, und Ihre Frau Mutter trocknete sich die Augen, und sprach zu mir: Jahn, nimm die Bäumchen in Acht! — Das habe ich redlich gethan, es sind ein paar stolze Bäume geworden, und nun soll ich sie umhauen? — nein, das kann ich nicht! die Hand würde mir zittern, wenn ich die Axt an Einen dieser Bäume legen sollte.

Hofr. Wer verlangt denn, daß du sie umhauen sollst?

Jahn.

Jahn. Die Frau Hofräthin spricht: wenn man dort in der Laube säße, so benähmen die Linden die Aussicht nach dem Dorfe.

Hofr. Gleichviel, diese Linden soll Niemand anrühren. Hörst du, Jahn, ich fordere es von dir.

Jahn. Sehr wohl.

Hofr. Es ist ja das Einzige, was mich noch an meine gute Schwester erinnert.

Jahn. Leider Ja!

Hofr. Das wird meine liebe Frau nicht gewußt haben.

Jahn. Wohl möglich. Gestern sprach sie zum Erstenmale davon. Ich glaube, der lustige Herr Franzos sezt ihr solche Dinge in den Kopf. Er war dabei, und hüpfte und gaukelte um sie her, zertrat mir hier eine Gurke und dort eine Erdbeerstaude. Ich meyne, er gilt viel bei der Frau Hofräthin.

Hofr. (mit verbissener Empfindlichkeit.) Meynst du?

Jahn. Er kommt ihr nicht von der Seite.

Hofr. Man hält ihn für einen angenehmen Gesellschafter.

B   Jahn.

Jahn. Schwatzen kann er, das ist wahr, und sein Musje Kalettschamber eben so. Der prahlt schon mit Verbindungen —

Hofr. (rasch.) Welche Verbindungen?

Jahn. Ich mag's nicht einmal nachreden. Noch glaube ich kein Wort von dem ganzen Geschwätz.

Hofr. (bei Seite.) Also schon in den Mäulern der Domestiken. (Er will reden, hält aber an sich.) Genug, Jahn. Ich habe dich in deiner Arbeit gestört. Ich konnte nicht schlafen, und glaubte der Erste im Garten zu seyn.

Jahn. Der Erste? o nein, Mamsell Emmy ist schon seit einer halben Stunde hier.

Hofr. Emmy? wo ist sie?

Jahn. Dort sitzt sie und strickt, dort an der Rosenhecke.

Hofr. (in die Ferne rufend.) Guten Morgen, Emmy!

Sechste

Sechste Scene.

Emmy. Die Vorigen.

Jahn. (rückt während dieser Scene mit seiner Heckenarbeit weiter hinab, und verschwindet bald ganz im Hintergrunde.)

Emmy. Guten Morgen, lieber Vater, ich wußte nicht, daß Sie schon aufgestanden wären.

Hofrath. Es gieng mir eben so mit dir. Ich hätte mir das Schleichen vor deiner Kammerthür ersparen können. — Was giebst du mir wenn ich dir eine frohe Botschaft verkündige?

Emmy. Geben? Sie scherzen. Ihnen geben, hieße doch nur zurückgeben, denn habe ich nicht Alles von Ihnen?

Hofrath. Von mir? mit nichten mein Kind; du verdankst mir nichts, als das Dach unter welchem du wohnst; Alles übrige bezahlt mein wunderlicher Freund bey Heller und Pfennig mit seiner kargen Besoldung.

Emmy.

Emmy! Kann Er auch Ihre väterliche Liebe bezahlen?

Hofräth. Die vergiltst du mir reichlich. Du gewöhnst mich immer an den süßen Gedanken, daß ich zwey Töchter besitze. Warlich! fast möchte ich eifersüchtig werden, wenn ich daran denke, daß ich meine schönsten Rechte auf dein Herz heute theilen muß.

Emmy. Heute?

Hofrath. Erlach wird kommen.

Emmy. Wird kommen? heute? mein Retter! mein edler Wohlthäter! Endlich nach acht Jahren! — aber gewiß lieber Vater! wird er kommen?

Hofrath. So schreibt er, wie gewöhnlich in drey lakonischen Zeilen. Die Nachricht hat mich überrascht, denn beym Anfange eines Feldzugs pflegt Erlach sonst keine Besuche abzustatten.

Emmy. Kaum erinnere ich mich noch seiner Gestalt. O wäre er doch schon hier! ich will ihm entgegen! welche Straße muß er kommen?

Hofr.

Hofr. Weiß ich das? mein guter Erlach pflegt selten Ort oder Datum über seine Briefe zu setzen. Hier lies: „Beyliegend empfängst „du das Kostgeld für Emmy, und künftigen „Dienstag mich selbst. — Das ist es Alles.

Emmy. Freylich nur ein Paar Worte, aber sie sind mit einer Wohlthat gestempelt. Wo nähme er die Zeit her zu schreiben, er muß handeln, nicht wahr lieber Vater? er hält die Stunde für verloren, der er keine gute That mit in die Ewigkeit giebt.

Hofr. Die sanfte Emmy geräth in Feuer! das gefällt mir.

Emmy. O! als er die arme Emmy unter dem Schutthaufen hervor zog — als er seinen halben Sold mit ihr theilte — ich muß weinen so oft ich daran denke — er hat mein ganzes Herz!

Hofr. Und verdient es. — Möchte es dir doch gelingen, liebes Mädchen, seinen Weiber-haß zu vertilgen. Und wahrhaftig, je mehr ich dich betrachte, je vernünftiger, je wahrscheinlicher kommt mir die Hoffnung vor — was meinst du Emmy? den Mann kennst du
schon;

schon; die Gestalt allein hast du vergessen, aber auch die ist edel.

Emmy. Und wäre er so häßlich als jener schlummernde Dichter, den eine Königin im Vorbeygehn küßte. Jener sagte nur viel Schönes, Erlach thut es.

Hofr. Deine Dankbarkeit nimmt einen so hohen Schwung, daß ihre Fittiche bereits die Regionen der Liebe zu berühren scheinen.

Emmy. Was ist denn die Liebe, wenn sie nicht Hang zum Guten und Schönen ist?

Hofr. Du wärest also nicht abgeneigt? du giebst mir Vollmacht ein wenig zu kuppeln?

Emmy. Sie scherzen lieber Vater, und wollen sich an meiner Verlegenheit ergötzen. Aber wissen Sie auch, daß Ihr Scherz eine romantische Schwärmerey nähren könnte, die schon lange in meinem Köpfchen gespukt hat?

Hofr. Nun, meine liebe, kleine Amerikanerin, laß doch hören.

Emmy. Wenn ich an schönen Abenden mich aus Ihrem frohen Cirkel allein in die dunkle Buchenallee stahl, dann baute ich Luftschlösser, wie ich einst meinem Wohlthäter vergelten

gelten, seine alten Tage erheitern — doch ich
bin wohl recht eine Närrin mit meiner Schwatz=
haftigkeit. Zum Glück sehe ich da eben un=
sere Ballgäste nach Hause kommen. Lieber Va=
ter, Sie haben meine Seele unverschleyert ge=
sehen, aber die geputzten Herrn dort sollen mich
nicht im Negligé'e überraschen. (Sie läuft fort.)

Hofr. Kommen Sie endlich? — aber
nicht zu mir! — ein dejeuné dansant lockte
sie heim!

Siebente Scene.

Minchen. Herr von Hügel. Der Hofrath.

Minchen. Guten Morgen Vaterchen!
ich möchte lieber sagen: gute Nacht! und mich
aufs Ohr legen.

Hofr. Bist du müde?

Minch. Zum Sterben.

Hofr. Herr von Hügel, ich freue mich
um so mehr, meinen lieben Gutsnachbar bey
mir

mir zu sehn, da ich ihn um diese Jahreszeit kaum erwarten durfte.

Hügel. Sie haben recht, Herr Hofrath, es giebt im Frühling auf dem Lande so manche Beschäftigung, so manchen Genuß ——

Minch. Und nun sollen wir Ihnen wohl ein Kompliment machen, daß Sie Alles im Stiche ließen, ym mit mir eine Angloise zu tanzen?

Hügel. Wenn meine Gesellschaft einigen Werth hätte, so würde ich mir schmeicheln es verdient zu haben.

Minch. Uebertriebene Bescheidenheit ist auch Eitelkeit. Sie sollen wissen, Vaterchen, daß dieser junge Herr, der bis jetzt immer im Winkel stand und zusah, wenn andere Leute herumhüpften, endlich gestern auf meinen hohen Befehl den kühnen Entschluß faßte, sich mit mir im letzten Paare zu einer Angloise zu stellen, unter der Bedingung, blos hinauf zu figuriren, und oben wieder abzutreten, wenn die Touren ihm zu schwer vorkommen sollten.

Ich erwarte also nichts Geringeres, als einen völligen Naturalisten, der sich wie Bley an

meinen

meinen Arm hängen, und in der Chaîne Confusion machen wird; statt dessen fliegt er mit mir durch die Reihen, als sey er ein Schüler des großen Veſtris. Je mein Herr, warum stellten Sie sich denn bis jetzt an, als ob Sie lahm wären?

Hügel. Ich tanzte nie an öffentlichen Orten — die Herren Städter machen sich gerne luſtig über uns Landjunker —

Hofr. Falsche Schaam war immer der einzige Fehler, den ich an meinem jungen Freunde kannte.

Minch. Das iſt noch nicht Alles Vaterchen. Bey Tafel ſitze ich neben ihm, ich schenke ihm fleißig ein, und bin recht freundlich gegen ihn. Gott weiß, ob der Wein oder meine Freundlichkeit ihn begeiſterten, kurz, der stumme Herr von Hügel wird geſprächig, und spricht so vernünftig, und erzählt so intereſſant, daß ich faſt vergaß, ich sey im Tempel der Thorheit. Aber ums Himmelswillen! mein Herr, warum ſind Sie denn ſonſt immer so wortkarg?

Hügel.

Hügel. Weil ich in großen Gesellschaften leicht etwas dummes sage.

Minch. Ey dafür hat man ja eben große Gesellschaften, daß ein Jeder seine Albernheiten auskramen darf. Was im kleinern Cirkel Bescheidenheit ist, wäre in der großen Welt falsche Schaam; das Kleid muß dort glänzen, und das Geschwätz tönen; zu Hause fodert man von dem Kleide Wärme und von der Rede Gewicht.

Hofr. (der sich schon einigemal unruhig umgesehen) Wo hast du deine Mutter gelassen.

Minch. Sie vermuthete Sie noch im Bett, und eilte nach Ihrem Schlafzimmer, um Sie durch einen Kuß zu wecken.

Hofr. War Sie allein?

Minch. Allein? ja doch! als ob man den Herrn Vicomte de Maillac loswerden könnte, ohne ihm zu sagen: gehn Sie zum Henker!

Hofr. Er war also bey ihr?

Minch. Bey ihr nicht eigentlich, sondern hinter ihr. Wenn sie oben den Papa nicht finden, so werden sie wohl auch herunter in den Garten kommen.

Hügel.

Hügel. Ganz recht, da kommen sie schon.

(Des Hofraths Gesicht heitert sich auf, er eilt seiner Frau entgegen.)

Achte Scene.

Die Hofräthin. Der Vicomte de Maillac. Die Vorigen

Maillac. Herr Hofrath, nous voilà.

Hofrath. Guten Morgen liebes Weibchen hast du dich gut amüsirt?

Hofräthin. So ziemlich lieber Mann: ich fand dort ein paar Jugend-Freundinnen, die ich seit einer Ewigkeit nicht gesehen hatte. Wir lachten und plauderten. Sie lassen dich grüßen, und bitten, du sollst nicht bös seyn, daß sie mich so lange aufgehalten.

Hofr. Böse? — was dir Freude gewährt macht mich froh.

Maillac. Bravo Herr Hofrath! Vivent les maris raisonnables!

Hofrä-

Hofräthin. Haſt du mich auch vermißt, lieber Mann?

Hofr. Mein Herz vermißt dich immer.

Maillac. Sehr galant! eine ächt franzöſiſche Tournüre.

Hofräthin. Dafür bleibe ich auch heute den ganzen Tag bey dir. Ich habe ein paar Dutzend Perſonen eingeladen, dort in der Allee wollen wir frühſtücken, und uns einbilden, wir wären in Pyrmont.

Maillac. Ha! ha! ha! bravo! die Frau Hofräthin hat deliziöſe Einfälle.

Hofräthin. (macht einen Knicks.) Meine Einfälle bedanken ſich.

Maillac. Aufrichtig Mesdames, ich kam nach Deutſchland mit ſehr geringen Erwartungen; man hatte mir eine horrible Idee von den deutſchen Damen beygebracht. Ein Mädchen von funfzehn Jahren, hieß es, erröthet vor Blödigkeit, wenn es die Handſchuh ausziehen ſoll und ſteckt bey Tafel die Hände unter den Tiſch; ſtumm und albern ſitzt es neben einem Manne von Welt, oder flüſtert lachend und ungeſittet ſeinen Geſpielinnen in die Ohren. Ein

Mäd-

Mädchen von achtzehn hat immer feuchte Augen, schwimmt in einem Meere von Empfindsamkeit, affichirt eine Inclination, und nennt es Treue gegen seinen Liebhaber, wenn es unhöflich gegen Fremde ist. Eine Frau von zwanzig glaubt ihre Tugend zu beweisen, wenn sie sich kindisch zurück zieht; so oft ein junger Mann ihr zu nahe kommt, und mault, wenn er ihr etwas Schönes sagt. Eine Frau von fünf und zwanzig —

Hofräthin. Basta Herr Vicomte! sonst schicken wir Sie nach Hannover, zu dem Manne der ein lästerndes Buch über uns geschrieben hat.

Maillac. Ich schreibe eine Encyclopädie dagegen, und wenn ich jemals in mein Vaterland zurückkomme; so wehe dem Schwätzer, der sich ein bon mot über die deutschen Damen erlaubt.

Minchen. Dafür sollten die deutschen Mädchen Sie recht bald zu Grabe tragen, wie den Dichter Frauen-Lob.

Maillac. Man wird mir freylich einwenden, daß Deutschland durch die Emigranten zum

Theil

Theil erst gebildet worden, und daß die Revolution, die im Süden so vieles Unheil stiftet, im Norden Geschmack und Kultur verbreitet hat.

Minchen. Sie haben Recht, Herr Vicomte. Ein gewöhnliches deutsches Mädchen, würde Ihnen ins Gesicht lachen; ich aber, die ich schon den milden Einfluß Ihres Umgangs fühle, bin so höflich Ihnen einen Knix zu machen und davon zu laufen.

(Sie läuft fort.)

Maillac. Ha! ha! ha! bravo;

Hofräthin. (Minchen nachrufend) Wohin Minchen?

Minchen. (an der Scene umkehrend) Mein Gott, ich muß Emmy suchen und ihr erzählen. Die größte Freude, die ein Mädchen von einem Balle mit nach Hause bringt, ist die, daß es noch acht Tage davon schwatzen kann. (Sie geht ab.)

Maillac. (erschrickt und fühlt sich auf die Schulter.) Was war das? ein Regentropfen?

Hofräthin. Nicht doch, der Himmel ist heiter und wird uns die Gartenlust nicht verderben.

Mail.

Maillac. Aber doch. Sehen Sie da ein nasser Fleck auf meinem neuen Frack.

Hofräthin. Vielleicht ein Thautropfen von den Bäumen.

Maillac. Madam. Sie sprachen schön gestern das Todesurtheil über diese verdammten hohen Linden.

Hofr. Bestes Weib, ich bitte um Gnade für diese Bäume.

Hofräthin. Sind sie dir lieb?

Hofr. Unaussprechlich lieb.

Hofräthin. Das wußte ich nicht.

Hofr. Ich pflanzte sie mit meiner armen Schwester.

Hofräthin. (erstaunt) Deiner Schwester! hast du noch eine Schwester?

Hofr. Ich hatte Eine! ob sie lebt, weiß Gott!

Hofräthin. Und davon sagtest du mir nie ein Wort?

Hofr. Vergieb, ich scheute mich, alte Wunden wieder aufzureißen.

Hofräthin. Aber auch in deiner Familie habe ich nie davon reden hören.

Hofr.

Hofr. Meine Familie vermeidet aus falscher Schaam den Namen meiner guten Schwester auszusprechen. Sie liebte wider den Willen ihrer Eltern einen jungen Kaufmann aus Lion. Sie wurde strafbar und entfloh. Seit zwey und zwanzig Jahren ist sie tod für uns. Der größte Theil meiner Familie hat sie auch wohl vergessen. Ich werde sie nie vergessen.

Maillac. Lion? Lion? aus der Gegend bin ich selbst gebürtig. Ja, ja, die Lioneser sind gefährliche Leute.

Hofräthin. (ihrem Manne liebkosend) Lieber Mann, da hätte ich bald einen dummen Streich gemacht. Aber es war auch nicht recht von dir, daß du mir eine so wichtige Familienbegebenheit nicht früher vertrautest. Von nun an nehme ich diese Linden unter meinen Schutz. Herr Vicomte, ich bitte Ihren Frack um Verzeihung.

Maillac. Aber im Ernst, Ich werde mich umkleiden müssen.

Hofräthin. (ihn lächelnd auf die Schulter klopfend) Was könnte uns Damen willkom

mener

mener seyn, als eine solche edle Beschäftigung?
Auch mich erwartet die Toilette.

Hofr. Darf ich dir meinen Arm bieten?

Maillac. Pfuy Herr Hofrath! das war
deutsch. Sie werden erlauben —— (er streckt seinen Arm hin.)

Hofräthin. Herr Vicomte, ich bin noch
nicht lange genug Ihre Schülerin, das deutsche
Weib zupft mich noch zuweilen am Rocke.
(Sie reicht ihrem Manne den Arm.) Auf Wiedersehen, meine Herren!

Hofr. (im Abgehn.) Ich bin sogleich wieder bey Ihnen.

Neunte Scene.

Der Vicomte und Herr von Hügel.

Maillac Bravo! Das war eine derbe
deutsche Anecdote.

Hügel. Ich bedaure die Franzosen, wenn
solche Auftritte bey ihnen Anecdoten sind.

C   Mail.

Maillac. Was sonst? ein Stoff für Florians Novellen, oder d'Arnauds Epreuves du sentiment.

Hügel. (zuckt mitleidig die Achseln.)

Maillac. Sie zucken die Achseln mein Herr? ich muß Ihnen sagen, daß Ihre Manieren mir nicht gefallen.

Hügel. Das thut mir leid.

Maillac. Man redet, man erzählt, man macht Aufwand von Witz, aber vergebens! Sie sitzen dabey, und sehen aus wie ein Taubstummer, der zum Erstenmal bey dem Abbee d'Epée in die Schule geht.

Hügel. Ich gleiche lieber dem ungelehrigen Schüler als dem unberufenen Lehrer.

Maillac. Aber das muß nicht seyn, mein Herr. In Ihrem Alter, mit Ihrer Figur, darf man Alles reden. Sie haben schöne Zähne, Sie müssen lachen. Sie haben große Augen, Sie müssen gaffen. Sie sind gut gewachsen, aber Sie wissen Ihrem Körper nicht die schönen nachläßigen Biegungen zu geben, welche die Blicke der Damen bezaubern. Die Wellenlinie ist die Linie der Schönheit. Ein junger

ger Mann muß immer Wellenlinien formiren,
bald mit den Armen, bald mit den Beinen,
bald mit dem ganzen Körper. —

Hügel. (lächelnd.) Ich bin unglücklicher-
weise im Cadettencorps erzogen.

Maillac. Ja ja, das sieht man Ihnen
an, es wird Mühe kosten, Sie geschmeidig zu
machen. Indessen mon cher ami, wenn Sie
sich meiner Führung anvertrauen wollen —

Hügel. Viel Ehre.

Maillac. Aber unter einer Bedingung.

Hügel. Und welche?

Maillac Ich glaube bemerkt zu haben,
daß Sie ein kühnes Auge auf Demoiselle Flachsland geworfen.

Hügel. Kühn? — doch ja, es ist freylich kühn, ein so reizendes Mädchen zu lieben.

Maillac. Sie lieben sie also?

Hügel. Ich schäme mich nicht, das edelste
Gefühl meines Herzens laut zu bekennen.

Maillac. Auch ihr selbst?

Hügel. Ich weiß nicht, mein Herr, mit
welchem Rechte —

Mail.

Maillac. Mit welchem Rechte? parblen ich will das Mädchen heyrathen.

Hügel. Das will ich auch.

Maillac. Sie ist reich, schön, witzig —

Hügel. Sie ist gut, vernünftig, liebenswürdig —

Maillac. Ich werde sie zur Vicomtesse machen.

Hügel. Und ich zur Frau von Hügel.

Maillac. Beydes kann sie doch nicht werden.

Hügel. Vielleicht mag sie keines von beyden.

Maillac. Entre nous, mon cher ami, parlons raison.

Hügel. Sehr gern, wenn es Sie nicht incommodirt.

Maillac. Minchen wird meine Gemahlin.

Hügel. Noch wage ich es, um den schönen Preß zu kämpfen.

Maillac. Auch wenn ich Ihnen sage, daß ich Sie nachher gar nicht geniren werde?

Hügel. Was heißt das?

Maill-

Maillac. Au contraire, Sie werden mich verbinden, wenn Sie den Cicisbeo meiner Frau machen wollen.

Hügel. Ich habe das im Cadettencorps nicht gelernt.

Maillac. Lieben Sie, seufzen Sie, schmachten Sie, so viel Ihnen beliebt. Nicht einmal die Flitterwochen brauchen Sie abzuwarten. Der ami de la maison wird immer willkommen seyn.

Hügel. Gehorsamer Diener.

Maillac. Bis zur Vermählung aber muß ich bitten, sich in einiger Entfernung zu halten.

Hügel. Es thut mir leid, daß mein widerspenstiges Herz —

Maillac. Aber ich bitte mein Herr. Verstehn Sie mich? der Ton mit welchem ich bitte, wird Ihnen hinlänglich andeuten, welchen Eindruck ein refus auf mich hervorbringen müßte.

Hügel. Der Pfad der Liebe ist breit wie die Bahn der Ehre, man darf neben einander wandeln, und wer sich seiner Verdienste so bewußt

wußt ist, wie Sie Herr Vicomte, was hat der
zu fürchten.

Maillac. (spöttisch) Fürchten? o nein!
aber es ist nun einmal eine Grille von mir, ich
dulde keinen Nebenbuhler.

Hügel. Nur dießmal werden Sie erlauben —

Maillac. Nein, ich erlaube nichts, mein
Herr, gar nichts!

Hügel. Das klingt ein wenig dictatorisch.

Maillac. Sie zwingen mich, eine rau-
here Sprache zu reden.

Hügel. Demoiselle Flachsland möge diesen
Zwist entscheiden.

Maillac. Ich nehme keine Dame zum
Schiedsrichter, so lange ich einen Degen trage.

Hügel. Ich liebe die Ritterromane nicht.

Maillac. Desto schlimmer für Sie, denn
wir müssen Lanzen brechen.

Hügel. Ich habe meinen Säbel schon
längst zur friedlichen Sichel abgeschliffen.

Maillac. Um so eher rathe ich Ihnen,
von einem Schauplatz abzutreten, wo Ihre Rolle
eben nicht die glänzendste seyn würde.

Hü-

Hügel. Auch Nebenrollen sind nicht immer undankbare Rollen.

Maillac. Sie beharren also auf Ihrem Starrsinn?

Hügel. (zuckt die Achseln.)

Maillac. Auch wenn ich Ihnen mit dürren Worten sage, daß wir uns die Hälse brechen müssen?

Hügel. Ich hoffe nicht —

Maillac. Sie sollen auch nichts hoffen.

Hügel. Ich nehme diesen ganzen Auftritt für Scherz.

Maillac. Daran thun Sie sehr übel, mein Herr. Zum Henker! ich fühle, daß Ihre verdammte Kälte mein Blut in Wallung bringt.

Hügel. Ich bitte, Herr Vicomte —

Maillac. Vergebens! Sie räumen das Feld, oder ziehen den Degen.

Hügel. Ich würde höchst ungern —

Maillac (spöttisch.) Das merke ich. Sie haben vermuthlich im Cadetten Corps kein Blut gesehen.

Hügel. Wenn Sie denn durchaus befehlen — (Er setzt seinen Hut auf.)

Mail.

Maillac. Noch lasse ich Ihnen die Wahl.

Hügel. Es ist mir unmöglich, Minchen zu entsagen.

(Er holt sehr kaltblütig ein Paar Handschuhe aus der Tasche, und zieht sie an.)

Maillac. Ich halte es für meine Pflicht als Edelmann, Ihnen vorher zu sagen, daß ich die Fechtkunst bei Einem der größten Meister erlernt habe.

Hügel. Ich danke Ihnen für diese Großmuth, aber sie kommt zu spät.

(Er zieht seinen Degen.)

Maillac. Im Vertrauen, mon ami, ich bin eigentlich aus meinem Vaterlande emigrirt, weil ich das Unglück hatte, den ganzen Stab meines Regiments im Duell zu erstechen.

Hügel. Tant pis pour moi! ich erkenne die Gefahr und zittre.

(Er setzt sich in Positur.)

Maillac (sich verlegen zurück ziehend.) Wie, mein Herr? Sie wollten im Ernst —

Hügel.

Hügel. Haben Sie vielleicht nur gescherzt?

(Er tritt einige Schritte näher.)

Maillac. Sie bedenken nicht, wo wir sind.

Hügel. Es ist freilich nicht der Ort.

Maillac. Eben deswegen. Bewahre der Himmel! Ich werde mich nie so weit vergessen, einen Kampfplatz zu wählen, den die Gastfreundschaft geheiligt hat. Auf der Grenze, mein Herr! auf der Grenze! dort renne ich Ihnen den Degen durch den Leib, und entfliehe.

(Er läuft davon.)

Zehnte Scene.

Herr von Hügel allein.

(Er steckt seinen Degen lächelnd in die Scheide.)

Ein solcher Mensch darf hier aus- und eingehen. So mancher Geck wird geduldet, weil er ein guter Tänzer ist, oder weil er die Hände herhält, wenn eine Dame ihren Zwirn abwickeln will. — Sonderbar, daß alberne Männer

und alberne Moden bei den Weibern gleiche
Rechte genießen; sie tragen diese und dulden
jene, und vier Wochen nachher lachen sie nicht
selten über beide. Das Sprüchwort: „sage
mir mit wem du umgehst, und ich will dir sagen was du bist," gilt nicht von Weibern, denn
Schooshunde und Narren findet man
auch bei der vernünftigsten Frau.

(Er geht ab.)

Ende des ersten Akts.

————

Zwei

Zweiter Akt.

(Man hört in der Ferne eine Tanzmusik von Blas-Instrumenten.)

Erste Scene.

Hauptmann Erlach tritt auf.

Ho! ho! hier geht's lustig her! — (Er blinzelt nach der Gegend, wo die Musik gehört wird.) Hüte, Kopfzeuge, Federn, Tanz und Kartenspiel, das schwimmt bunt durch einander. — Ist nicht meine Sache. — Und das nennen sie eine Sommerlustbarkeit, wenn sie den Spieltisch vom Kamin weg in den Garten tragen können. Ein Mückenschwarm jagt sie davon, und vor einem Regentropfen laufen sie, als ob er ein Loch in die Haut brennte. Es giebt Menschen, die den ganzen Sommer über schlafen, und nicht eher aufstehen sollten, bis das Herbstäquinoctium eintritt. — Und mein alter Freund duldet solchen Unfug in seinem Garten?

Garten? — mein redlicher, grabsinniger Flachsland? — wie reime ich das zusammen? —
Wer weiß! vielleicht seiner Tochter Hochzeittag
— Wenn mir nur ein Bedienter aufstieße,
der ihm in's Ohr flüstern könnte: Erlach ist da!
— dem bunten Wirrwarr komme ich nicht zu
nahe. Lieber gehe ich in's Wirthshaus, und
lese im hundertjährigen Kalender. — He da!
guter Freund! — ist das nicht der alte Jahn?

Zweite Scene.

Hauptmann Erlach und Jahn.

Jahn. Ey! ey! potz tausend! Herr Lieu-
tenant! oder wohl gar schon Herr Hauptmann!

Erlach Gleichviel, wenn ich nur willkommen bin.

Jahn. Willkommener als eine blühende
Aloe. Ein seltner Gast, ein lieber Gast.

Erlach. Es wäre mir leid, wenn ich hier
zum Gast geworden wäre.

Jahn.

Jahn. Wie wird der Herr Hofrath sich freuen!

Erlach. Hat man denn hier noch Zeit, sich über alte Freunde zu erfreuen?

Jahn. Täglich haben wir von Ihnen geredet. Wenn die Linden blühten, oder die Melonen reiften, da hieß es immer: Schade, daß mein Freund Erlach nicht hier ist!

Erlach. Der tanzte unterdessen auf dem großen Erndtefest, wo der Tod die Sichel schwingt.

Jahn. Zuweilen klagte er, daß Sie so selten schrieben.

Erlach. Das Schreiben war nie meine Sache.

Jahn. Und daß man nimmer wüßte, wo Sie eigentlich wären?

Erlach. Wozu das? der Soldat ist überall und nirgends, wie der alte Mann in Spiesens Geistergeschichte. Ich habe die lezten Jahre gelebt wie der ewige Jude. Und überhaupt kann ich das nicht leiden, wenn Freunde sich alle Augenblicke schriftliche Versicherungen ihrer ewigen Freundschaft zusenden. Ey, das versteht sich

sich von selbst; denn ein Freund ist kein Mädchen, das man heute anbetet und morgen aus-
lacht. — Apropos von Mädchen! was
macht denn meine Emmy? ist sie brav groß
geworden?

Jahn. Groß und schön und gut. Eine
Rose — eine Centifolie —

Erlach. Das freut mich. Hier ist Gesellschaft, wie ich sehe?

Jahn. Leider ja!

Erlach. Du liebst das nicht, Alter?

Jahn. Bin's nicht gewohnt.

Erlach. Und dein Herr? — es war sonst
auch eben nicht seine Sache.

Jahn. Ach ja! hier hat sich vieles ge-
ändert.

Erlach. Wie so?

Jahn. Die Frau Hofräthin —

Erlach. Was? — die Frau Hofräthin?
ich will nicht hoffen — eine zweite Heyrath —

Jahn. Das wissen Sie nicht? schon in's
dritte Jahr.

Erlach.

Erlach. Würklich? das hör' ich ungern.
— Und ist betrogen? — es geschieht ihm
Recht!

Jahn. Eine gute Frau, aber zu lebhaft,
zu munter — kommt mir vor, wie zwei Wei-
sel in Einem Bienenstocke: das fängt an zu sum-
sen, zu schwärmen —

Erlach. Geh, rufe mir den Hofrath her.
— Aber heimlich, daß es kein Maulgesperre giebt.

Jahn. Ich verstehe.

(Er geht ab.)

Dritte Scene.

Erlach allein.

Ist es denn mit dem Heyrathen wie mit dem
Trinken? der Rausch macht Kopfschmerzen, und
kaum ist man nüchtern geworden, so greift man
wieder zum Glase. — Nein, Erlach! du
hast manchen dummen Streich in deinem Leben
gemacht, aber heyrathen wirst du nicht, das ist
nicht deine Sache! — wer am Ufer steht,
steht

steht, wie die Menschen sich im Strome abarbei-
ten, und doch hineinspringt — je nun, der
mag ersaufen!

Vierte Scene.

Erlach und der Hofrath.

Hofrath (tritt mit offenen Armen auf ihn zu.)
Erlach! mein Erlach!

(Die beiden Freunde drücken einander stumm an
das Herz.)

Erlach (mit unterdrückter Rührung.) Alter
Junge! — ist mir lieb, dich wieder zu sehn
— (er schüttelt ihm die Hand.) ist mir warlich lieb! (er faßt ihm an's Kinn.) bist ein wenig hager geworden, aber sonst noch derselbe.
— Was? — ich glaube gar du weinst? —
pfuy! schäme dich! — (er dreht sich weg, um
seine eigenen Thränen zu verbergen.) Hm! — da
sticht mich eine Mücke.

Hofr. Ich weine, ja! und danke dir, daß
du nicht zur Gesellschaft gekommen; dort hätte
ich diese süßen Thränen verschlucken müssen.

Erlach.

Erlach. So? warum hältst du dergleichen
Gesellschaften? das gefällt mir nicht.

Hofr. Davon hernach. Laß sie spielen
und tanzen. Wir haben uns in acht Jahren
nicht gesehn: Lieber Erlach! wie geht es dir?

Erlach. Gut. Ich habe meinen Abschied
als Hauptmann.

Hofr Warum das?

Erlach. Weil es mir nicht länger gefiel,
und weil gerade eine alte Muhme so vernünftig
war, mich zum Erben einzusetzen.

Hofr. Das freut mich. Nun bleiben wir
beisammen? nicht wahr?

Erlach. Freilich war das meine Absicht,
aber —

Hofr. Nun? ein Aber?

Erlach. Du bist wieder verheyrathet, wie
ich höre.

Hofr. Ein braves Weib.

Erlach. Mag seyn, doch diese Art zu leben — du kennst mich — es ist nicht meine
Sache.

Hofr. Meynst du, ich sähe das gern?

D   Erlach.

Erlach. Warum duldeſt du, was du ändern kannſt?

Hofr. Ich bin zwanzig Jahre älter als meine Frau. Soll ich ihr gewohnte Jugendfreuden verſagen?

Erlach. Das hätteſt du früher bedenken ſollen.

Hofr. Ich liebte —

Erlach. Wenn du von der Liebe ſprichſt, ſo bin ich fertig.

Hofr. Hat Erlach noch immer keine Siegerin gefunden?

Erlach. Freund, mit der Liebe iſts wie mit den Pocken; wer ſie in ſeiner Jugend nicht gehabt hat, bekommt ſie ſelten oder nie.

Hofr. (lächelnd.) Und wenn er ſie bekömmt, ſind ſie deſto gefährlicher.

Erlach. Man muß ſich vor Anſteckung hüten.

Hofr. Aber im Ernſt, was könnteſt du bei deiner jetzigen Lage vernünftigeres thun, als ein Weib nehmen?

Erlach. Was? — mich todtſchießen! das wäre weit vernünftiger.

Hofr. Noch immer der alte Weiberfeind.

Erlach.

Erlach. Wenn die Frau nichts taugt, so ist es schlimm, und wenn sie gut ist, noch weit schlimmer.

Hofr. Du scherzest.

Erlach. Ganz und gar nicht. Eine gute Frau würde ich lieben.

Hofr. Desto besser!

Erlach. Desto schlimmer! ein Mann, der seine Frau liebt, ist ein Sclave seines eigenen Herzens. Einer ihrer Wünsche, den er nicht befriedigen kann, quält mehr ihn als sie.

Hofr. Eine gute Frau hat keine solche Wünsche.

Erlach. Doch, doch! Wünsche sind wie der Staub, er dringt auch in verschlossene Schränke.

Hofr. Und wird von der Liebe weggehaucht.

Erlach. Item! wer sich ein Weib zulegt, muß hundert kleine Gewohnheiten ablegen, die ihm seit zehn Jahren zur andern Natur wurden, und an denen der Mensch gewöhnlich fester klebt, als an seinen Tugenden oder Lastern. Jedermann hat so seine Lieblingsschüssel, seinen

nen Stuhl; auf welchem er lieber ſizt, ſein
Plätzgen am Tiſche und ſo weiter. Plözlich
erſcheint eine Frau als häuslicher Geſetzgeber,
und jedes Ding wird in eine andere Form ge-
goſſen. Der Mann hat Luſt Roſtbeef zu eſſen,
aber der Frau zu gefallen wird ein Fricaſſee daraus. Er fährt mit ihr, wenn er lieber rei-
ten mögte, und gewöhnt ſich den Tobak ab,
weil der Geruch ihr zuwider iſt.

Hofr. (lächelnd.) Kleinigkeiten.

Erlach. Kleine Bäume haben auch ihre
Wurzeln, die ſie nach allen Seiten in die Erde
ſtrecken, und in meinen Jahren rauft man nicht
gern mehr ein Blümchen aus, wär's auch
Unkraut.

Hofr. In deinen Jahren? Menſch! du
ſtehſt ja noch mit Einem Fuße im Jünglings-
Alter.

Erlach. Laß nun vollends die geliebte Frau
krank werden. Sie hat Kopfſchmerzen — ich
zittre; keinen Appetit — ich auch nicht; ein
Fieber — ich bin außer mir! und endlich gar
ein Wochenbette — ich ſterbe vor Angſt! —
Nein, Bruder, das iſt nicht meine Sache.

Hofr.

Hofr. Der ehelichen Freuden erwähnst du gar nicht.

Erlach. Ey ja doch! du siehst aus wie ein Bild der Freude. Rechnest du jenes betäubende Geräusch auch mit zu deinen ehelichen Freuden?

Hofr. (mit einem Seufzer.) Das könnte anders seyn — und wird vielleicht anders werden.

Erlach. So rede doch, wo drückt dich der Schuh?

Hofr. Ach guter Erlach! es nagt mehr als Ein Wurm an meinem Herzen.

Erlach. Nicht wahr, diese Lebensart? Du liebst die Ruhe? Du möchtest gern hinaus auf dein Landgut?

Hofr. Meiner Frau zu Liebe würde ich von Einem Karneval zum Andern ziehen; aber der Aufwand ist zu groß, mein Beutel hält es nicht aus.

Erlach. Warum sagst du ihr das nicht?

Hofr. Ich kann nicht. In dem Hause ihrer Eltern war sie gewohnt so zu leben. Noch als Braut fragte sie mich einst mit liebevollem

, Zutrau-

Zutrauen: wie hoch sich meine Einkünfte be-
liefen? — „Ich will mich gern einschränken"
sagte sie, „reden Sie aufrichtig."

Erlach. Und das thatest du nicht?

Hofr. Ich — entschuldige mich Freund
ich schämte mich. Leben Sie wie bisher, gab
ich ihr zur Antwort, es soll Ihnen nie an Gelde
fehlen.

Erlach. Und dabey bliebs?

Hofr. Sie wollte wissen, wie sie sich zu
benehmen habe? ob Eingezogenheit mein
Wunsch sey? „Ich werde mich ganz nach Ihnen richten" sagte sie.

Erlach. Aber du?

Hofr. Ich konnte es nicht über mich gewinnen, ihr eine Art von Zwang aufzulegen;
ich wollte ihr so wenig als möglich fühlbar machen, daß sie einen Mann von vierzig Jahren
geheyrathet.

Erlach. Das heißt mit andern Worten:
Du schämtest dich deines Alters?

Hofr. Mag wohl seyn.

Erlach. Und wolltest für reicher gelten als
du bist?

Hofr.

Hofr. Nun ist es zu spät wieder einzulenken.

Erlach. Die Vernunft kommt nie zu spät, wenn sie auch um Mitternacht anklopft.

Hofr. Das möchte noch hingehen; mein Herz nimmt keinen Theil an vermindertem Geldzins; aber —

Erlach. Noch ein Aber?

Hofr. Dir, und nur dir allein, bekenne ich meine Schwachheit. Mich foltert das Gefühl der Eifersucht. Ich muß täglich einen Schwarm von Anbetern um sie herflattern sehen — es sind freylich nur Gecken — aber wehe dem Manne, der sich einbildet, ein Geck könne ihn nicht beunruhigen! Das Bedürfniß eines Zeitvertreibs hat schon manche weibliche Tugend zum Zeitvertreib herabgewürdigt.

Erlach. Warum sagst du ihr das nicht?

Hofr. Es ist wahr, hundertmal hat sie mich gefragt: „sind Sie auch eifersüchtig? Ein Wort, und ich jage alle diese Schmetterlinge davon"

Erlach. Und hundertmal hast du ihr geantwortet —?

Hofr.

Hofr. Was ich ihr schon als Bräutigam antwortete: daß mein Zutrauen zu ihr keine Grenzen kennt.

Erlach. Das heißt wiederum mit andern Worten: du schämst dich der Eifersucht.

Hofr. Ja, lieber Erlach.

Erlach. Ist es nicht eine verdammte Sache um die Falsche Schaam? Es würde nicht halb so viel Elend in der Welt seyn, wenn man sich nur verstünde, nur das Herz hätte, gerade heraus zu sagen, wo es Einen drückt. Da steht nun ein Mann, der glücklich seyn könnte, dessen Frau nichts weiter begehrt als Zutrauen; sie will sich gern nach ihm richten, will Allem entsagen was ihm mißfällt; aber Er — er schämt sich und schweigt.

Hofr. Ich fühle mein Unrecht, und habe nicht den Muth es zu verbessern.

Erlach. So werde ich dir wohl gelegentlich meinen hagestolzen Muth leihen müssen. Getrost! wenn deine Frau dem Bilde gleicht, das du von ihr entwarfst, so steht dir wohl noch zu helfen; das ist meine Sache! — Jetzt sage mir,

mir, was macht meine Quaſitochter? muß ich
zur Geſellſchaft wenn ich ſie ſehen will?

Hofr. Dort würdeſt du ſie vergebens ſu-
chen.

Erlach. Das freut mich. Im Vertrauen
Bruder, ich habe Gutes mit dem Mädchen im
Sinne. Wenn ſie einmal groß wird ——

Hofr. Das iſt ſie ſchon.

Erlach. Und heyrathen kann ——

Hofr. Das kann ſie alle Tage.

Erlach. Poſſen! ſie war ja ein Kind, ſo
hoch, als ich das leztemal hier war.

Hofr. In acht Jahren kann man ſchon
wachſen.

Erlach. Nun freylich, aber das Ding iſt
doch noch immer blutjung. Das Schickſal hat
mir die arme Wayſe zugeworfen, und ich will
redlich für ſie ſorgen. Hab' ich doch weder Kind
noch Kegel. Sie ſoll mich Papa nennen wie
bisher, und wenn Freund Hein mich einmal
zum Tanz auffodert, ſo gebe ich ihr meinen
Geldſack in Verwahrung.

Hofr. Haſt du von ihrer Herkunft nichts
erfahren?

Erlach.

Erlach. Nicht ein Wort. Ist auch nichts daran gelegen. Ich kann eben so gut ihr Vater seyn, als ein Anderer.

Hofr. Warum nicht lieber ihr Gemahl?

Erlach. Du bist nicht wohl gescheid.

Hofr. Sie hat sich so herzlich auf deine Ankunft gefreut, fast wie eine Braut.

Erlach. Ja? hat sie das? nun so mach fort! schick mir sie her.

Hofr. Augenblicklich. (indem er gehn will.) Du hast doch deinen Koffer in mein Haus bringen lassen?

Erlach. Noch nicht Bruder, du kennst mich, ich muß erst wissen, ob Alles hier so recht meine Sache ist?

Hofr. Alter Freund! ich will nicht hoffen —

Erlach. Geh nur, das wird sich finden.

(Der Hofrath geht ab.)

Fünfte

Fünfte Scene.

Erlach allein.

Die Frau Gemahlin müssen wir erst kennen lernen. Der liebe Ehestand hat schon mancher Freundschaft einen Schlaftrunk eingeflößt, und kommt sie erst einmal ins Nicken, so erwacht sie nie wieder. Ist es doch beynahe, als zöge die Liebe den Geist aus der Flasche, und ließe der Freundschaft nur den schaalen Ueberrest. Dafür behüt uns lieber Herr Gott! — Armer Flachsland! Du willst mich zum Heyrathen überreden? Du? — ein Lockvogel im Schlagbauer; sing du wie du willst, wir scheuen die Leimruthe.

Sechste Scene.

Erlach und Emmy.

Emmy. (kommt hastig und mit ausgebreiteten Armen.) Mein Retter! mein Wohlthäter!

Erlach.

Erlach. (prallt zurück, und weicht voll Befremdung ihren Liebkosungen aus) Was? — was? — wer sind Sie?

Emmy. Kennen Sie Ihre Emmy nicht mehr?

Erlach. (erstaunt.) Sie? meine Emmy?

Emmy. Warum nicht du wie vormals?

Erlach. Sie wären die nämliche Emmy, die vor acht Jahren nicht höher war als mein Stock?

Emmy. Und damals nur lallen konnte, was sie heute fühlt.

Erlach. Die auf meinen Knieen saß, und sich vor meinen Bart fürchtete?

Emmy. Die Nemliche; die Sie mit Wohlthaten überhäuften, und doch 'ihre dankbare Freude zurückstoßen.

Erlach. (zwischen Verlegenheit und Liebe schwankend) Nun — nun, wenn das ist — so freut es mich herzlich — dich) — Sie — du — Ey zum Herker! komm her und laß dich küssen!

Emmy. Das war die väterliche, wohlbekannte Stimme. (Sie liebkost ihn.)

Erlach.

Erlach. (*küßt sie auf die Stirn und betrachtet sie mit Entzücken*) Mädchen, du bist groß und hübsch geworden, dein Auge ist fromm, und dein ganzes Wesen gefällt mir. Sieh, ich kann nicht sagen, wie Leuten zu Muthe ist, die Kinder haben, aber in diesem Augenblicke gäbe ich keinen Kreutzer für eine leibliche Tochter. (*Er streichelt ihr die Wangen*) Es ist mir so wohl und wunderlich ums Herz — lach' mich nur nicht aus, daß mir da das Wasser über die Backen läuft, das ist sonst gar nicht meine Sache.

Emmy. Ich? lachen? — ich bin so bewegt — (*sie weint sanft*)

Erlach. Du weinst? — höre Emmy — ich kann das nicht sehn — ich gehe fort —

Emmy. (*trocknet schnell ihre Thränen und lächelt ihn hold an.*)

Erlach. So — so mein liebes Mädchen. Mit diesem Blicke könntest du einem ganzen Regimente Halt! zurufen, wenn es eben Sturm laufen wollte. Aber nun ein vernünftig Wort. So kann es doch nicht bleiben — dutzen darf ich Sie nicht — nein das geht nicht an.

Em-

Emmy. Warum nicht? mein Vater —

Erlach. Aber zum Henker! warum denn eben Ihr Vater? Sehe ich denn so alt aus? ich bin doch acht Jahre jünger als der Hofrath.

Emmy. Ihre Wohlthaten —

Erlach. Schon wieder — (hastig) hören Sie liebe Emmy — (sanft) Gute Emmy, schweig davon, ich mag das nicht mehr hören, es ist nicht meine Sache. Und wenn es denn doch geduzt seyn soll, so kann ich wohl eben so gut Dein Bruder seyn, allenfalls ein Stiefbruder aus der ersten Ehe.

Emmy. Mein Herz bedarf keiner Verwandschaft um Sie zu lieben.

Erlach. Desto besser! ist auch nichts mit den Verwandten, die lieben sich nur, wenn sie zusammen schmausen.

Emmy. Sie haben uns so selten geschrieben.

Erlach. Mein Hofmeister schlug mich auf die Finger, wenn ich krumme Buchstaben mahlte, und seitdem schreibe ich verzweifelt ungern. Es hat dir aber doch an Nichts gefehlt?

Emmy.

Emmy. Ihre Güte —

Erlach. Davon ist nicht die Rede. Ich habe blutwenig für dich thun können, denn ich hatte nichts als meine Lieutenantsgage. Aber in Zukunst solls besser werden. Wir haben geerbt, liebe Emmy, eine alte Tante, Gott habe sie selig! hat uns ein ganz artiges Vermögen hinterlassen. Da hab ich nun meinen Abschied genommen, und wollte hier bey euch Winterquartiere machen. —

Emmy. O das ist herrlich!

Erlach. Ja, aber die Lebensart hier ist nicht meine Sache. Wenn das alle Tage so geht — zwar, der Hofrath hat mir schon gesagt, Sie, liebe Emmy, hassen das Geräusch —

Emmy. Gewohnheit hat mir die Einsamkeit lieb gemacht.

Erlach. Gewohnheit nur? also nicht Neigung? nicht Hang?

Emmy. Denken Sie drum nicht schlimmer von einem jungen Mädchen, das dem bunten Gewimmel zuweilen mit Herzklopfen in der Ferne zusah.

Er=

Erlach. Nun, warum machen Sie es denn nicht mit?

Emmy. Weil es mir nicht ziemt; weil ich, eine arme Wayse, von fremden Wohlthaten leben muß, weil —

Erlach. Weil? — nun nur vollends heraus.

Emmy. Vor Ihnen will ich meine Schwachheit nicht bemänteln, weil ich mir nicht getraue, in glänzenden Cirkeln durch innern Werth zu ersetzen, was meine Gespielinnen an äußerm Flitterstaat vor mir voraus haben.

Erlach. Das heißt mit andern Worten: Sie schämen sich Ihrer Garderobe.

Emmy. Nicht hier, nicht in Gesellschaft besserer Menschen; aber dort — Sie wissen, worauf die Welt ihre seichten Urtheile gründet.

Erlach. Schon wieder falsche Schaam. Liebe Emmy, ein Mädchen ist herrlich gekleidet, wenn das Gewand der Unschuld es schmückt. Doch fehlen muß es dir an nichts. Eine solche Schürze mit Taschen seh ich gar zu gern, es sieht so häuslich aus; aber leer müssen die Taschen

schen nicht seyn. (Er will ihr unbemerkt einen Beutel in die Tasche schieben.)

Emmy. (sehr bestürzt.) Nein! nein! — um Gottes willen nicht! — Sie haben mich mißverstanden — Sie demüthigen mich — ich habe mehr als ich bedarf — wenn Sie mir gut sind, so nehmen Sie das Geld zurück.

Erlach. Nun, nur ruhig. (Er steckt den Beutel wieder ein.) Ich habe es wohl nicht recht gemacht. Verzeihen Sie mir, ich bin so gerade zu. Die Kunst zu geben, ist eine schöne Kunst, und leider versteh' ich sie nicht.

Emmy. Eine Schwachheit wollte ich Ihnen bekennen, und es wurde eine Unverschämtheit daraus. Werde ich hier im Hause nicht wie Tochter oder Schwester behandelt? wie oft hat man mir Schmuck und kostbare Kleider aufdringen wollen, aber es ziemt mir nicht. Ich habe vielleicht noch Eltern, die in Armuth schmachten, und ich sollte mich in Atlas kleiden? — ich bin vielleicht nur eine gemeine Bauerdirne, und ich sollte Brillanten in die Ohren hängen!

E   **Erlach.**

Erlach. Eine Bauerdirne? nein, warlich nicht!

Emmy. (haſtig und ängſtlich.) Wiſſen Sie
vielleicht etwas von meiner Herkunſt?

Erlach. Nichts, liebes Kind, Vermu-
thungen —

Emmy. O theilen Sie mir dieſe Vermu-
thungen mit! die Geſchichte meiner Rettung!
Als Sie uns vor acht Jahren verließen, war
ich ein Kind und verſtand es nicht. Zwar hat
nachher der Hofrath mir oft erzählt, was er aus
Ihrem Munde vernommen; aber die kleinen
Nebenumſtände, die nur intereſſant für mich
ſind, die hat er gewiß überhört. Und wie oft
führt eine Kleinigkeit auf Entdeckungen — ich
werde Ihnen mit den dunkeln Erinnerungen aus
meiner Kindheit zu Hülfe kommen — ich werde Ihnen die Geſtalt meiner Mutter beſchrei-
ben — vielleicht lebt ſie noch! lieber Gott!
vielleicht lebt ſie noch!

Erlach. Möglich, aber nicht wahrſchein-
lich. Wir landeten bei Nacht, überrumpelten
Charlestown; unſere Leute hatten ſich im Trunk
übernommen, ſie wurden Mordbrenner. Das
Städt-

Städtchen brannte an allen vier Ecken, was aus den Flammen sprang, wurde niedergestoßen; kein Kommando, keine Subordination, ich denke ungern an jene Höllennacht. Ich hatte mich heiser geschrieen — auch der Donner würde vergebens gebrüllt haben. Endlich brach der Tag an, und beleuchtete die Greuelscenen. Mit Blut und Staub bedeckt, von Rauch und Kohlen geschwärzt, lagen die Unsrigen umher und schnarchten. Alles war öde und gräßlich still. Ich kletterte mit dem Degen in der Faust über die rauchenden Trümmer, da hörte ich plötzlich ein leises Wimmern unter meinen Füßen. Ich horche, ich schiebe die glimmenden Balken auf die Seite, siehe, da blickt mich ein Kindskopf wehmüthig an, und ruft Mutter! Mutter! das warst du, liebe Emmy, dein Körper war zur Hälfte im Schutt begraben, ein Wunder hatte dir das Leben gefristet. Ich räume den Schutt weg, so gut ich kann, eine deiner kleinen Hände wurde frey, und du bedientest dich ihrer, um mir ein Kußhändchen zuzuwerfen. Das rührte mich unbeschreiblich. Geduld, armer Wurm! sagte ich, dir ist wohl noch zu helfen. Mein

Reite

Reitknecht stand nicht weit davon, ich winkte
ihm, wir machen dir Luft, und ziehen dich wohl-
behalten an's Tageslicht. Ich nahm dich auf
meinen Arm, du schmiegtest dich um meinen Na-
cken. Zu meiner Mutter! sagtest du auf
englisch. Meine Mutter! wiederholtest
du französisch, und endlich auch deutsch, weil
du glaubtest, ich verstünde dich nicht. — Wer
ist deine Mutter? fragte ich. — Hier in
der engen Straße, die gute Frau,
in dem gelben Hause. — Ja, da war
weder enge noch breite Straße, weder Haus
noch Frau. Ich gab mir vergebens alle Mühe,
etwas zu entdecken. Die wenigen entronnenen
Flüchtlinge hatten sich in die Wälder verkrochen.
Wir mußten zu Schiffe. Was war zu thun?
sollte ich dich unter den brennenden Ruinen zu-
rücklassen? — Ich erhielt von meinem Kapitain Erlaubniß, dich mit mir zu nehmen. Er
wurte gerührt, als er dich sah, denn du warst
so klein — so klein — daß ich noch jetzt nicht
begreifen kann, wie Sie so groß geworden
sind.

Emmy. Ach! und mehr wissen sie nicht?

Erlach.

Erlach (zuckt die Achseln.) Wir kamen glücklich nach Europa, und Sie fanden eine Freystatt in dem Hause meines Freundes.

Emmy. Nicht einmal meinen Namen konnte ich Ihnen vorlassen?

Erlach. Deinen Vornamen, Emmy, drum halte ich dich auch für eine Engländerin. Aber du sprachst eben so fertig französisch und deutsch, folglich bist du nicht von gemeiner Herkunft. Deine Wäsche war A. M. gezeichnet, das ist Alles, was ich zu sagen weiß.

Emmy. O wenn ich nur dort wäre! wenn meine Eltern mir nur vor die Augen kämen! — erkennen würde ich sie gewiß! — mein Vater war ein hagerer, brauner Mann — und meine Mutter — ich werde ihre Gestalt nie vergessen! sie sah so blaß aus und weinte oft — vielleicht weint sie jetzt noch öfter als damals — und ich darf meine Thränen nicht mit den ihrigen mischen! — (sie schluchzt.)

Erlach. Fassen Sie sich, liebe Emmy. Ich sehe das bunte Geschwader die Allee herauf segeln. Solche Thränen sind nicht für Menschen,

schen, die eben ihr bisgen Gefühl im Tanz weg-
geschwitzt haben.

Emmy. Faſſen kann ich mich jezt nicht
— aber erlauben.Sie, daß ich gehe.

(Sie verſchwindet hinter der Hecke.)

Erlach (allein.) Braves Mädchen! —
nur Schade, daß ſie ſo hübſch und groß geworden iſt. Das Herz öfnet ſich nicht wie vormals,
und das Du erſtirbt im Munde. — Ich will
aber doch meinen Koffer herbringen laſſen.

Siebente Scene.

Erlach. Die Hofräthin. Min-
chen. Herr von Hügel und der
Vicomte.

Hofräthin. Willkommen, Herr Hauptmann! herzlich willkommen! ich höre ſo eben
von meinem Manne —

Erlach (mit kühler Höflichkeit.) Habe ich
die Ehre, die Frau Hofräthin vor mir zu
ſehen?

Hofrä-

Hofräthin. Wenn es Ihnen nicht mehr Vergnügen als Ehre macht, so zähle ich einen unbefriedigten Wunsch mehr.

Maillac. Bravo! das war fein.

Erlach. Ihre Wünsche sind sehr bescheiden.

Hofräthin. Haben wir nicht schon eine Ewigkeit auf Sie gewartet?

Erlach. Desto schlimmer für mich! Denn das Erwartete bleibt gewöhnlich unter der Erwartung.

Hofräthin. Hundertmal hat man mir erzählen müssen, wie Sie aussehn? denn wenn ich von interessanten Personen höre, so entwerfe ich mir gern ein Bild, welches gewöhnlich dem Original am Ende gar nicht ähnlich sieht. Zum Exempel: ich habe mir Sie immer vorgestellt, als einen heitern jovialischen Mann, mit einer Adlernase und einem Falkenblick.

Erlach. Gehorsamer Diener.

Hofräthin. Ich hätte Wielands Musarion darauf verwettet, daß Sie nicht so finstre Augenbraunen haben könnten.

Maillac. Ha! ha! ha! Bravo!

Erlach.

Erlach. Eine heitere Seele stellt zuweilen finstere Schildwachen aus, um Ueberlästige ab-zuschrecken. (mit einem Blick auf den Vicomte.)

Hofräthin. Aber Herr Kriegsmann, wenn die Freundschaft sich vornimmt, ein Herz zu überrumpeln —

Erlach. Die Freundschaft überrumpelt nur Thoren.

Hofräthin. Sie haben Recht: erobern wollte ich sagen — so scheut sie das Mistrauen nicht, das auf dem Vorposten steht. Kurz! ich bin entschlossen, Ihre Freundin zu werden, um nicht länger Ihre Nebenbuhlerin zu seyn.

Erlach. Nebenbuhlerin?

Hofräthin. Ja ja mein Herr! schon mehr als Einmal bin ich von ganzem Herzen ei-fersüchtig auf Sie geworden. Vergeht denn wohl ein Tag, an welchem mein Herr Gemahl ohne den wärmsten Enthusiasmus von Ihnen spräche? — Das ist eine Sehnsucht, ein Ver-langen — wenn ich mißtrauisch wäre, so hätte ich einen zweyten Chevalier d'Eon in Ihnen vermuthet.

Maillac.

Maillac. Ha! ha! ha! bravo! bravissimo!

Hofräthin. Herr Vicomte, ich entlasse Sie der Verbindlichkeit, jedes meiner Worte zu applaudiren.

Minchen. Ha! ha! ha! Bravo! bravissimo!

Maillac. (zu Minchen.) Kleiner Schadenfroh, das sollen Sie mir büßen.

Minchen. Gewiß wollen Sie wieder Verse auf mich machen.

Erlach. Beynahe kommt die Reihe, Bravo zu rufen, auch an mich.

Minchen. (zu Erlach.) Wollen Sie das Wort wieder zu Ehren bringen?

Erlach. (lächelnd.) Wahrhaftig, meine schöne unbekannte Dame. —

Hofräthin. Wie? Sie kennen die Tochter Ihres Freundes nicht?

Erlach. (stuzt.) Das wäre Minchen? — um Vergebung! Demoisell Wilhelmine?

Minchen. Bleiben Sie immer bey Minchen, sonst verdrießt es mich zum Erstenmale, daß ich groß geworden bin.

Erlach.

Erlach. Ja würklich, Sie sind groß und hübsch geworden.

Minchen. Und kann auch roth werden, Herr Hauptmann.

Erlach. Schmeicheln ist nicht meine Sache: Auch giebt die Geburt die Schönheit wie den Erbadel; kluge Leute bilden sich nichts darauf ein.

Maillac. Ach Herr Kapitain! sie ist eben so grausam als schön.

Erlach. (zu Minchen.) Vermuthlich ein Liebhaber?

Minchen. Ja, so ein Stück davon.

Hofräthin. Der Herr Vicomte de Maillac, ein französischer Emigrant.

Erlach. So, so, gehorsamer Diener.

Hofräthin. Und hier der Herr von Hügel, ein braver Landmann.

Erlach. Das ist meine Sache. Mit diesem Herrn bin ich schon näher verwandt, denn wir Schweizer sind Alle gebohrne Landleute.

Hofräthin. Ihren Arm Herr Hauptmann. Wir gehen zur Gesellschaft. Sie sollen dort eine Menge Nahmen und Titel kennen lernen.   Erlach.

Erlach. Lieber wollte ich, Sie führten mich zu einer Hyacinthen-Flor; denn wenn ich dort gelernt habe, daß die eine *premier noble* und die Andere *Kardinal de Fleury* heißt, so belohnt mich doch am Ende der Geruch.

Maillac. Der Herr Hauptmann scheinen auch von der neuen Philosophie angesteckt.

Erlach. Angesteckt — bravo! der Ausdruck ist gewählt. Man wird bald anfangen Quarantainehäuser auf den Gränzen zu bauen, für jeden Reisenden, der die Pest der Vernunft in's Land bringen könnte.

Hofräthin. Sie tragen doch selbst einen berühmten Namen.

Erlach. Leider! es hat mich oft genug verdrossen. Werde ich irgendwo bey Hofe präsentirt, wie sie es nennen, gleich heißts: „stammen Sie von dem berühmten Rudolph Er„lach ab?“ — Mein Gott ja! bin ich deshalb um ein Haar besser? Ich, Hans Erlach, diene Gott und meinem Könige so gut ichs vermag. Wer mich darum lieb hat, der reiche mir freundlich die Hand. Aber um Rudolph Erlachs willen, dessen Knochen unter dem Strasbur-

burger Münster modern, soll kein Mensch den
Hut vor mir ziehn.

Hofräthin. Wohlan Herr Hauptmann,
ich reiche dem Hans Erlach freundlich die Hand.
Er darf nur nicht vergessen, daß man auch mit
den Wölfen heulen muß.

Erlach. Um Vergebung, das ist Eines
von den Sprüchwörtern, die nichts taugen.
Man muß nie mit Wölfen heulen.

Hofräthin. Aber mein armer Mann
sitzt nun Einmal mitten unter ihnen. Eilen
Sie, ihn zu erlösen. (Sie zieht ihn mit sich fort.)

Erlach. (ihr wider Willen folgend.) Ich bin
Ihr Gefangener, und Gefangene darf man
freylich auch zum Schanzgraben brauchen.

Achte Scene.

Minchen. Der Vicomte. Herr
von Hügel.

Maillac. Der Herr Kapitän ist ein wenig massif.

Hügel.

Hügel. Kein Sommerhaus. In solchen Gebäuden wohnt die Freundschaft im Winter.

Minchen. Sollen wir zur Gesellschaft folgen?

Maillac. Sie scherzen. Der Komet fragt seinen Schweif nie, ob er folgen will?

Minchen. Ha! ha! ha! wissen Sie auch, daß die Kometenschweife aus wässerigten Dünsten bestehen sollen?

Maillac. Woraus Sie befehlen.

Minchen. Sind Sie auch der Meynung, Herr von Hügel?

Hügel. Ich vergleiche Minchen nur mit sich selbst.

Minchen. (wirft sich nachläßig in die Laube) Wohlan meine Herren, wir wollen hier bleiben. Aber ich habe nicht Lust zu reden, ich will unterhalten seyn, gleichviel womit.

Maillac. Wenn ich diesen schönen Augenblick nutzen, und von meiner Liebe reden dürfte —

Minchen. Nein, nein! Sie hören ja, daß ich unterhalten seyn will.

Mail-

Maillac. Vielleicht befehlen Sie Lectüre? ich habe hier einen Band von Rousseaus neuer Heloise.

Minchen. Das darf ich nicht lesen, Papa erlaubt es nicht.

Hügel. Ich trage Jacobis Woldemar in der Tasche.

Minchen. Das habe ich mit Emmy schon zweymal durchgelesen. Aber sagen Sie mir, Herr, Vicomte, warum heißt Ihr Buch die neue Heloise?

Maillac. Vermuthlich eine Caprice des Verfassers, denn im ganzen Buche finde ich nicht ein Wort von einer Heloise.

Hügel. (lächelt)

Minchen. Es muß aber doch Beziehung haben?

Maillac. Allerdings.

Minchen. Heloise soll sehr schön gewesen seyn.

Maillac. Ich kann die Ehre haben, Ihnen ihr Porträt zu zeigen. (Er überreicht ihr seine Dose.)

Minchen. Ist es ähnlich?

Mail.

Maillac. Es gleicht ihr wie ein Ey dem andern.

Minchen. (schalkhaft) Sie haben sie vielleicht gekannt?

Maillac. Sie selbst nicht, sie ist schon vor mehreren Jahren gestorben, aber ihren Oncle Fulbert kenne ich, ein ehrlicher alter Kautz; man hat ihn in Kupfer gestochen.

Minchen. Sie lächeln Herr von Hügel?

Hügel. Ich nehme Theil an Ihrem Vergnügen.

Minchen. Also der Onkel, Herr Vicomte. Vermuthlich ein Mann von Stande?

Maillac. Ein Financier. Mit solchen Herren nimmt man es nicht allzugenau; sie führen eine gute Tafel.

Minchen. Und Abälard?

Maillac. War damals Avocat au parlement, und hatte sich einigen Ruf erworben.

Minchen. Vermuthlich auch schon ein alter Mann!

Maillac. In seinen besten Jahren.

Hügel. (lächelnd) O ja, er kann kaum sechs bis siebenhundert Jahr alt seyn.

Mail.

Maillac. Wie mein Herr?

Hügel. Wenigstens behauptet Bayle, er sey im eilften Jahrhundert gebohren.

Maillac. Das ist falsch, das muß ich besser wissen als der obscure Mensch, den Sie eben nannten.

Hügel. Bayle ein obscurer Mensch!

Maillac. Kurz, mein Herr, wer einen Mann meines Gleichen ins Gesicht einer Unwahrheit beschuldigen kann, der verräth zum mindesten — daß er kein Franzos ist. Dieser Abälard ist ein Mann zwischen vierzig und funfzig, das versichere ich Sie auf meine Ehre! verstehen Sie mich? auf meine Ehre! und damit ist die Sache entschieden. Sollten Sie aber dennoch zweifeln, so bin ich erbötig, Ihnen auf der nächsten Wiese die bündigsten Beweise vorzulegen.

(Er macht Minchen eine leichte Verbeugung, sieht hohnsprechend auf Hügel herab, und entfernt sich trällernd.)

Neunte

Neunte Scene.

Minchen und Hügel.

Minchen. Das war ja wohl gar eine förmliche Ausforderung?

Hügel. So schien es.

Minchen. Und Sie gehen nicht?

Hügel. Weil ich schon aus Erfahrung weiß, daß er besser zu Fuße ist, als ich.

Minchen. Es wäre doch drollig, wenn Sie sich für Abälard schlagen müßten.

Hügel. Die Menschen haben sich oft um nichts wichtigeres die Hälse gebrochen.

Minchen. Freylich. Und sind Märtyrer geworden.

Hügel. Rechthaberey ist auch eine Leidenschaft, und Leidenschaft oft nur Bedürfniß erschüttert zu werden, gleichviel, durch welchen Gegenstand.

Minchen. Das sollten Sie keinem Mädchen sagen.

Hügel. Warum nicht?

Min-

Minchen. Weil Sie unser Geschlecht dadurch mißtrauisch gegen die Liebe des Ihrigen machen.

Hügel. Sprach ich denn von der Liebe?

Minchen. Ist Liebe nicht auch Leidenschaft?

Hügel. Wahre Liebe nicht. Sie ist das innige, mit unserer Natur verwebte Wohlgefallen am Guten und Schönen.

Minchen. Ich zweifle, ob mein Geschlecht an dieser Definition Geschmack finden werde. Wir mögen gar zu gern Leidenschaften erwecken, damit wir Streiche verursachen. Die Vernunft mit der Schellenkappe gekrönt, zu den Füßen der Schönheit — ein schmeichelhaftes Gemählde!

Hügel. Aber nur Pastell = Farbe.

Minchen. Die Mädchen sind selten Kenner.

Hügel. Und wollen es nicht seyn.

Minchen. Verläumdung, mein Herr.

Hügel. Ich wünschte, Sie ließen sich zu Beweisen herab.

Minchen. Wir tragen unsere Beweise im Herzen, und die Männer im Kopfe.

Hügel.

Hügel. Herz und Kopf sollten sich freund-
schaftlich besuchen.

Minchen. Besuche sind langweilig.

Hügel. Oder vermählen.

Minchen. Ehen sind noch langweiliger.

Hügel. Das war nicht Ihr Ernst. Ich
wette, Sie werden einst auf Ihrer goldenen
Hochzeit den Ehestand mit jugendlicher Wärme
vertheidigen.

Minchen. Auf meiner goldenen Hochzeit!
bewahre der Himmel! um das zu erleben, müßte
ich spätestens morgen heyrathen.

Hügel. Das wird nur von Ihnen ab-
hängen.

Minchen. Von mir? Sehr drollig! als
ob man sagen könnte: heute will ich mein Herz
verschenken.

Hügel. Warum nicht? eben so wohl als
man sagen kann: heute will ich dem Bittenden
mein Ohr nicht verschließen: heute will ich den
Unglücklichen froh machen.

Minchen. Mein vernünftiger Herr, Sie
überspannen den Werth eines Mädchenherzens.

Hügel. Ich sprach nur von dem Ihrigen.

                          Min-

Minchen. Das Sie wohl schwerlich kennen.

Hügel. Ich Ihr Herz nicht kennen? dann müßten die frohen Erinnerungen meiner Kindheit von mir gewichen seyn! O wo sind die lieblichen Zeiten, als Ihr Herr Vater noch auf seinem Gute haußte, und mit dem Meinigen in nachbarlicher Freundschaft lebte! als jeder schöne Sommerabend uns Kinder im Dorfe versammelt fand, Sie mir schon von ferne freundlich zunickten, mich Du und August nannten! Wenn dann plötzlich das muthwillige Minchen unsern kindischen Spielen entfloh, um hier mit einem Bettler ihren Sparpfennig zu theilen, oder einem gefallenen Kinde aufzuhelfen; wenn sie emsig die ersten Erdbeeren für ihren Vater suchte, oder Blumen sammelte, um ihrer Mutter Geburtsfest zu schmücken — O Minchen! Minchen! ich Ihr Herz nicht kennen.

Minchen. (verlegen.) Es waren schöne Zeiten.

Hügel. Voll Unschuld und Unbefangenheit.

Minchen. Nichts gleicht dem Zauber der Ersten Jugend — .

Hügel.

Hügel. Als der Zauber der Ersten Liebe!

Minchen. Der eben so schnell verschwindet, als jener.

Hügel. Eine Bemerkung aus der großen Welt, und nur dort Wahrheit. In Städten wird alles gemahlt, Landschaften auf Leinewand, Gesundheit auf die Wangen, und Liebe auf Schaubühnen. In Städten haben die Worte einen conventionellen Werth, auf dem Lande sind sie Ausdruck des Gefühls. In Städten sagt man: gehorsamer Diener! auf dem Lande: guten Tag! Das Erste ist Höflichkeit, das Zweite Herzlichkeit. Ich liebe Sie! ruft der Städter mit einer Grimasse; ich liebe dich! spricht der Landmann mit feuchtem Auge. Jener wiederholt das Wort hundertmal in Einem Tage; dieser sagt es nur Einmal in seinem Leben. Jenem ist die Liebe nur Zeitvertreib, diesem Lebensgenuß; dort eine bunte Blume, nur von der Sonne des Glückes entfaltet, und hier ein schützender Baum gegen Regen und Mittagssonne! ein Instrument von keiner Witterung verstimmt!

Min-

Minchen. Ich höre zum Erstenmale daß Sie auch ein Dichter sind.

Hügel. (gekränkt) O mein Herz! verstumme! man nimmt dein Gefühl für ein Gedicht.

Minchen. Ich fange an Sie zu fürchten. Schwärmerey ist ansteckend.

Hügel. Schwärmerey — ich bin es schon gewohnt, den reinen Sinn für Natur und Liebe so schelten zu hören. Darum verschloß ich mein Herz, und warf den Schlüßel nicht in das Meer der großen Welt, sondern bewahrte ihn als ein Eigenthum des Ideals meiner Wünsche und Hoffnungen. Ein Mädchen wollte ich suchen, dem der Mann ohne Schimmer mehr gilt als der Geck; das auf einem glänzenden Balle nicht hohnlächelnd an dem einfachen Landmann vorüberhüpft, weil er nicht zu tanzen verstehe, und an der schwelgerischen Tafel den Schweigenden nicht mit dem Dummkopf verwechselt. Ach! ich glaubte es gefunden zu haben! —

Minchen. (verlegen und sanft) Und irren Sie?

Hügel.

Hügel. (mit Enthusiasmus) Nein!
nein! ich irrte mich nicht! Diese holde Verlegenheit wird zum Verräther an Ihrer schönen
Seele. Ja, mit Entzücken bemerkte ich oft,
daß Ueberdruß und Langeweile im Getümmel der
Welt Ihre heitere Stirne trübten; daß Sie
witzig wurden, wo Sie nicht herzlich
seyn durften. O! fliehen Sie diese elenden
Cirkel, welche Mauern gegen die Vernunft,
und Kartenhäuser gegen Leidenschaften sind; wo
die sich Freunde nennen, die einander die Zeit
vertreiben; wo man sich zu lieben wähnt, wenn
man vorher berechnet hat, daß die beyderseiti-
gen Einkünfte hinreichen, ein Haus zu machen; wo dieser wohlthätig genannt wird,
weil er Sonnabends vor seiner Hausthür zwölf
Dreyer unter ein Dutzend Arme vertheilt, und
jener für fromm gilt, weil er über seine Reli-
gion nicht sprechen mag, aus Furcht, man werde
ihn irre machen; wo der ehrliche Mann den
mächtigen Schurken insgeheim verachtet, und
sich dennoch vor ihm bücken muß, wo man den
Unglücklichen bedauert, während man die Karten
mischt, und beym dritten Stiche ihn schon ver-
                                               ges-

geſſen hat; kurz! wo der Egoismus ſich mit dem
Eigennutz vermählt, die Furcht Niederträchtig-
keiten erzeugt, und die Gewohnheit des Laſters
Häßlichkeit verſchleyert. Fliehen Sie aus dieſer verpeſteten Luft in ländliche Gefilde, wo jedes edle Gefühl erwacht und thätig wird! Dort
iſt das Herz empfänglicher für alles Gute und
Schöne; dort ſind Liebe und Freundſchaft nicht
Gäſte ſondern Hausgenoſſen; man ehrt
Gott! wenn man mit ſtaunendem Entzücken
zum geſtirnten Himmel emporblickt; man giebt
den Armen um zu helfen, die Eitelkeit miſcht
ihre Schaupfennige nicht unter die ächte Münze
der Wohlthätigkeit; man iſt froh ohne Karten,
und geſprächig ohne Verleumdung; man darf
ſich nicht ſchämen, den redlichen Unterbrückten
zu lieben, oder fürchten, den Schurken laut einen Schurken zu nennen! — O! ich beſitze
nur einen kleinen Erdſtrich, den ich mein nennen
darf; aber wenn zu all dem Guten, was Fleiß,
Glück und mein Herz mir ſchenkten, Minchen
noch die Liebe hinzufügen will, ſo fehlt dann
meinem kleinen Paradiese nichts als hohe Fel-
ſen rings umher, um es dem Neide unzugäng-
lich

lich zu machen. — Sie schweigen? — das muntere Minchen schlägt die Augen nieder, und entblättert den Blumenstrauß am Busen?

Minchen. Mich dünkt, Herr von Hügel, es ist ein Beweiß meiner Achtung für Sie, daß mein Leichtsinn mich in diesem Augenblicke verläßt.

Hügel. Ihre Achtung ist mein Stolz, aber nur Liebe beglückt.

Minchen. Ehe ich Ihnen antworte, gestehen Sie mir aufrichtig: wie vielen Antheil hat meine Gestalt an Ihrer Liebe?

Hügel. Würklich, bestes Minchen, darüber habe ich mich nie untersucht.

Minchen. So thun Sie das jezt. Es liegt mir viel daran es zu wissen. Würden Sie wohl Ihr Auge auf mich geworfen haben, wenn ich häßlich und ungestalt wäre? — Ich verlange eine aufrichtige Antwort, auf Ehre und Redlichkeit.

Hügel. Nun wohl, warum soll ich mich eines Eindrucks schämen, den Jugend und Schönheit auf jeden gutorganisirten Menschen hervorbringen? Ich würde Sie lieben, auch wenn

Sie

Sie häßlich wären; ob ich aber Ihre Seele unter der häßlichen Hülle eben so eifrig gesucht, eben so schnell erkannt haben würde, das getraue ich mich nicht zu behaupten.

Minchen. Und wenn nun plötzlich die Pocken mein Gesicht verwüsteten? oder wenn ich das nicht wäre, was ich scheine?

Hügel. Welche Voraussetzung!

Minchen. Die Mädchen wissen ihre Unvollkommenheiten sehr geschickt zu verbergen.

Hügel. Darauf will ich es wagen.

Minchen. Sie sollen nichts wagen. Wer einen rechtschaffenen Mann hintergehen kann, der hat seine Liebe nicht verdient. (Sie ergreift ihn bey der Hand.) Ich — Herr von Hügel — ich schätze Sie hoch — vielleicht noch etwas mehr — aber —

Hügel. Kein Aber!

Minchen. Ich muß ihnen bekennen —

Hügel. (zitternd.) Daß Ihr Herz versagt ist?

Minchen. Mein Herz ist frey.

Hügel. Nun?

Minchen. Ich bin — ich scheine —

Hügel.

Hügel. O Sie sind was Sie scheinen!

Minchen. Nein? nein! — ich —

(Die Musikanten in der Ferne blasen einen Walzer.)

Minchen. (unruhig und verlegen). Man fängt wieder an zu tanzen — Sollen wir zur Gesellschaft gehn?

Hügel. Ohne mich einer Antwort zu würdigen?

Minchen. Ja, ja, ich will Ihnen antworten — bald — nur jetzt nicht — dieser Walzer — er gefällt mir — Kommen Sie! kommen Sie, wir wollen tanzen.

Hügel. Ich kann jetzt unmöglich tanzen.

Minchen. Würklich — die Musik ist so einladend — Sie wollen nicht? — verzeihen Sie Herr von Hügel, ich suche mir einen Tänzer (Sie eilt fort.)

Hügel. (sieht ihr ganz betäubt nach) Ist das möglich! Gott! ist das möglich! Das Bekenntniß der innigsten Liebe gauckelt ein elender Walzer hinweg! — Einen ehrlichen Mann hat sie gefunden, aber sie sucht einen Tänzer! — Nun so fahre wohl! du frommer Glaube an Unschuld und Natur! — Geh Hügel! verbirg dich un-

ter

ter dein Strohdach! begieße deinen Kohlgarten, und verscheuche jeden Singvogel von deiner Grenze, damit sein Gesang dich nicht an diesen vermaledeyten Walzer erinnere.

(Er geht rasch ab.)

(Ende des zweiten Akts.)

———

Dritter

Dritter Akt.

Erste Scene.

Hauptmann Erlach tritt auf.

Viel Essen und Trinken, viel Lachen und
keine wahre Freude. Wer aus vollem Halse
lacht, ist drum nicht immer froh. Der Eine
lacht über seinen eigenen Witz, und wenn er
reich oder vornehm ist, so zwingt sich die ganze
Gesellschaft zum Tutti. Der Andere lacht über
eine Zweideutigkeit, die er selbst mühsam auf-
haschte, und blickt ringsumher auf die Damen,
um sich an ihrer Verlegenheit zu ergötzen. Hier
lächelt ein Gänschen, um eine alberne Blödigkeit zu verstecken, und dort kichert ein Aff, weil
seines Nachbars Haarbeutel um Einen Zoll zu
groß ist. Hier erzählt eine redselige Mutter
die Geniestreiche ihrer Kinder, und zwingt die
Zuhörer gähnend mitzulachen; dort wird ein
Kapitel aus der skandalösen Chronik abgehan-
delt, und ein boshaftes Gelächter vergiftet die

Baum-

Baumblüten. Wenn sie nun nach Hause kommen, spricht der Herr von A zu der Frau von B: „es war eine delißiöse Partie! wir haben was rechtes gelacht." —

Nein, das ist nicht meine Sache. — Die vernünftigste unter dem Haufen scheint mir noch die Hofräthin; ein Kanarienvogel unter Dompfaffen, die ihm so lange vorgurgeln, bis er ein paar Takte nachpfeift. Entschlüpft ihr zuweilen ihr Waldgesang, so sind es reine, liebliche Töne. — Wenn sie wüßte, wie ihr Mann sich abhärmt — aber nur Geduld, sie soll es erfahren. Haben wir nur erst ein paar Monat unter Einem Dache gehaußt — ein paar Monat? — wie Erlach? — so lange könntest du in diesem fremden Elemente schwimmen? — warum nicht? Flachsland ist mein Freund, und Emmy — warum stockst du alter Knabe? — Tochter, Schwester, Freundin — gleichviel was sie mir ist! Genug', ich bin ihr herzlich gut, und weil ich sie doch einmal unter dem Schutt hervorgezogen, so — ja ja — ein braves Mädel — nur Eines gefällt mir nicht an ihr:

sie

sie hätte unterdessen nicht acht Jahre älter werden sollen.

Zweite Scene.

Emmy und Erlach.

Emmy. (die sich überall nach Jemand umsieht, als sie Erlach erblickt) Ach! Sie hier?

Erlach. Ich bin hier liebes Kind. Haben Sie mich gesucht?

Emmy. Nein, ich suche — ich habe nothwendig mit Jemand zu sprechen, der sich, Gott weiß in welchen Busch verkrochen hat. Um Verzeihung — (Sie macht ihm eine freundliche Verbeugung und geht.)

Erlach. (allein) Gehorsamer Diener! das war eben nicht artig von ihr. Sie hätte doch wohl ein paar Minuten hier bleiben, und ein paar Worte vom schönen Wetter mit mir reden können. — Hm! — wen sucht sie denn? — wer ist der Jemand? — und was hat sie so nothwendiges mit ihm zu sprechen? — Jemand — das kann auch ein Frauenzimmer seyn

seyn — aber ich wette, es ist eine Mannsperson — ey, ey, Miß Emmy — wohl gar ein Herzens-Geheimniß? — nu, nu, was geht es denn mich an? — was es mich angeht? — ich bin ja wohl ihr — ihr Vater — mit dem kahlen Jemand durfte sie mich nicht abspeisen — so viel Zutrauen hätte ich doch wohl verdient, daß sie im Vorbeygehen gesagt hätte, der Jemand heißt so oder so. Aber so geht es, wenn die Mädchen acht Jahr älter werden.

Dritte Scene.

Erlach und die Hofräthin.

Hofräthin. Lieber Herr Hauptmann, Sie suchen die Einsamkeit.

Erlach. Es ist schwer, sie hier zu finden.

Hofräthin. Ist das Lob oder Tadel?

Erlach. Ich streite nie über den Geschmack.

Hofräthin. Ich verstehe, aber nehmen Sie ja nicht für Geschmack, was bey mir nur

nur Gewohnheit ist, und nicht selten eine
lästige Gewohnheit.

Erlach. Was hindert Sie, die Last abzu-
schütteln?

Hofräthin. Mein Mann will es so haben.

Erlach. Er will es so haben?

Hofräthin. Bin ich allein mit ihm,
gleich wird er ängstlich, fragt zwanzigmal in
einer Stunde: ob ich keine Langeweile habe?
ob ich nicht da oder dorthin fahren will? und be-
ruhigt sich nicht eher, bis ich anspannen lasse.

Erlach. Und fährt mit?

Hofräthin. Selten. Nur wenn ich ihn
recht sehr darum bitte.

Erlach. Was macht er denn allein zu
Hause?

Hofräthin. Gott weiß. (scherzhaft)
Vielleicht macht er Gold. Wenigstens empfängt
er mich jedesmal wenn ich nach Hause komme,
so freundlich und liebreich, als ob er einen Schatz
gefunden hätte.

Erlach. Hm! das thut mir leid.

G   Hof-

Hofräthin. Wie? was thut Ihnen leid?

Erlach. Zu hören, daß mein biederer Freund seit unserer Trennung sich verstellen lernte.

Hofräthin. Verstellen? wie so?

Erlach. Mit einem Manne in seinen Jahren geht keine solche Verwandlung vor.

Hofräthin. Reden Sie deutlicher.

Erlach. Ich schweige lieber. Wir kennen uns noch zu wenig.

Hofräthin. Wir kennen uns nicht? Als mein Mann mir ein Recht auf seine Liebe gab, da gab er mir auch ein Recht auf Ihre Freundschaft.

Erlach. Freundschaft und Rheinwein sind gut, aber sie führen auch Säure bei sich, und die ist nicht für Jedermanns Gaumen.

Hofräthin. Sie machen mich immer neugieriger. Ich bitte Sie, Herr Hauptmann, zählen Sie mich nicht zu den albernen Geschöpfen, die über eine Wahrheit den Mund verziehn, weil sie herbe ist. Unsere Bekanntschaft ist jung, aber wenn ich unter Rosenbü-
schen

schen läge, und ein Fremder mich vor einer Schlange warnte, so wäre dieser Fremde mein alter Freund.

Erlach. Wenn Sie so denken —

Hofräthin. Warlich, ich denke so. Meinem Manne zu gefallen, ist mein innigster Wunsch. Zwar, der Unterschied unserer Jahre ist groß, und es war nicht Liebe, die mich in seine Arme führte; aber von der Achtung herbeygewinkt hat sie mich in seinen Armen überrascht. Wir haben keinen Roman mit einander gespielt, kein Blitz hat uns entzündet, aber eine heitere Ehestandssonne durchwärmte uns nach und nach. Reden Sie im Vertrauen auf diese Wärme, und wenn Sie nach meiner Erklärung noch verlegen mit mir sind; so will ich mich hinter diese Bäume stellen; vergessen Sie meine Gegenwart, in einem Monolog brauchen Sie meiner nicht zu schonen.

Erlach. Bravo! das ist meine Sache. Wer so denkt, den schätze ich hoch, und wen ich hochschätze, dem sage ich die Wahrheit.

Hofräthin. Wohlan!

Erlach.

Erlach. Wie mag eine Frau von Geist und Herz so manchen Narren um sich dulden?

Hofräthin. Ach, lieber Herr Hauptmann, wenn wir die Narren verhängen wollten, unsere Cirkel würden sehr eng werden.

Erlach. Je enger, je besser. Vernunft und Freude sind ein paar Gäste, die vorüber schleichen, wo sie Licht in allen Fenstern sehn.

Hofräthin. Aber die Tharheit leiht der Vernunft eine Folie.

Erlach. Sie bedarf deren nicht, und wenn Ihr Gemahl Sie überredet hat, daß diese Lebensart sein Wunsch sey, so hat er Sie hintergangen.

Hofräthin. Das würde mich schmerzen.

Erlach. Er glaubte, Ihrer Jugend diese Gefälligkeit schuldig zu seyn.

Hofräthin. Dann kannte er mich wenig.

Erlach. Er fürchtete, Sie möchten errathen —

Hofräthin. Was?

Erlach. Daß er eifersüchtig ist.

Hof-

Hofräthin. Eifersüchtig? Sie scherzen.

Erlach. Wenn ich Sie nun versichere, daß er zum Beispiel in der vergangenen Nacht kein Auge zugethan; daß seine Grillen ihn gepeinigt haben, bis in die Morgenstunde; daß er sich zusammen raffen mußte, als er Ihren Wagen vorfahren hörte —

Hofräthin. Ich erstaune!

Erlach. „Es nagt an meinem Leben!“ ruft er wehmüthig. „Vergebens such ich dieser Thorheit Herr zu werden!“

Hofräthin. Mein Gott! warum sagt er mir es nicht?

Erlach. Falsche Schaam, der Würg-Engel des Vertrauens.

Hofräthin. Wohl! ich habe unsere Gesellschaft bisher der Laune des Zufalls überlassen, er wähle sie in Zukunft selbst; er sey überall mein Begleiter. Noch heute soll er mir eine Liste aufsetzen; soll mir die Personen nennen, deren Umgang er schätzt. —

Erlach. Die Liste wird sehr klein werden.

Hofräthin. Nicht doch, es giebt hier brave, vernünftige Männer —

Erlach.

Erlach. O ja, aber je mehr es deren giebt, je schwerer wird es einem Manne, der kein Krösus ist, sie alle gastfrey aufzunehmen.

Hofräthin. Was wollen Sie damit sagen? Flachsland ist reich.

Erlach. Er war es.

Hofräthin. Wie?

Erlach. Auch kann man ihn noch immer wohlhabend nennen. Doch wenn sein Vermögen so fort zusammenschmelzen sollte, wie in den lezten drei Jahren —

Hofräthin. Mein Herr, Sie erschrecken mich!

Erlach. Wo die Ausgabe die Einnahme so weit überstieg —

Hofräthin. Wär' es möglich!

Erlach. So möchte er vielleicht bald gezwungen seyn, das mütterliche Vermögen seiner Kinder anzugreifen.

Hofräthin. Mein Gott! warum sagt er mir es nicht?

Erlach. Falsche Schaam. Weniger Reichthum, weniger Verdienst!

Hof-

Hofräthin. Doch wohl nicht in meinen Augen?

Erlach. Schon lange wünschte er auf sein Landgut zu ziehn.

Hofräthin. Gern! gern! noch diesen Abend!

Erlach. Aber er fürchtet, daß die ländliche Einförmigkeit bey Ihrer Jugend ——

Hofräthin. O! wie schmerzt es mich, daß mein Gemahl es nicht der Mühe werth hielt mich kennen zu lernen! daß ein Fremder mehr Zutrauen zu mir hat, als der Mann auf dessen Liebe ich stolz bin. Ich sollte seine Kinder bestehlen, und ihm die Ruhe rauben? ich sollte verschwenden, was Vatersorge und Mutterliebe gesammelt haben? —— warum prüft er mich nicht? warum glaubt er, daß ein Schwarm von Gecken mir mehr Unterhaltung gewähre, als stille Häuslichkeit und der Umgang Eines vernünftigen Mannes? — O Herr Hauptmann! die Männer werfen uns so oft unsere Schwäche vor; es ist nicht Schwäche, es ist Geschmeidigkeit der Seele, und es hängt meistens nur von euch ab,

sie

sie dem Guten anzuschmiegen. Aber ihr meint,
Weiberliebe vertrage sich nicht mit der Wahrheit?
ihr verlangt Gesundheit der Seele, und vergiftet sie durch Schmeicheleien — doch ich klage
und vernünftele, wo ich handeln sollte. Ihre
Hand, Herr Hauptmann. Sie sollen von mir
hören, und bekennen, daß ich Ihr Zutrauen
verdiente. (Sie geht in großer Bewegung ab.)

Erlach. (allein) So recht! das ist
meine Sache. Wenn sie Wort hält, so bleibe
ich hier. Aber wenn ich hier bleibe, so muß
auch das Mädchen anders werden — nicht vor
mir laufen — Vertrauen zu mir haben —
ich möchte doch wissen, ob sie ihren verdammten
Jemand gefunden hat?

Vierte Scene.

Hügel und Erlach.

Hügel. (kömmt in tiefen Gedanken)

Erlach. Da kömmt auch Einer, der dem
Geschnatter entwischt ist, und seine Ohren wieder

der zusammensucht. — Willkommen Herr von Hügel, ich wünsche Ihnen Glück.

Hügel. (erschrocken.) Wozu?

Erlach. Zu der Einsamkeit. Es giebt brave Leute, die es machen wie die Nachtigallen: wenn zu viel Lärm um sie her, ist, so schweigen sie still. Sie schienen mir dort unten auch nicht an Ihrem rechten Platze.

Hügel. Ich gleiche wenigstens darin den Nachtigallen, daß ich nur auf dem Lande an meinem rechten Platze bin.

Erlach. Sie machen sich selbst ein Kompliment.

Hügel. Wenn meine Neigung zum Landleben ein Vorzug wäre, so würde ich diesen Vorzug mit jedem Bauer theilen.

Erlach. Sollte er dadurch von seinem Werth verlieren?

Hügel. Bey vielen, ja.

Erlach. Wenn Sie von dem französischen Gecken reden, der hier die Luft verpestet, so mögen Sie Recht haben.

Hügel. Ach nein; auch bessere Menschen, die besten vielleicht. — Jener Franzose zum

Bey-

Beyspiel — ich darf mir nicht anmaßen über ihn zu richten — aber er gefällt.

Erlach. Wem?

Hügel. Er nimmt ein.

Erlach. Wen?

Hügel. (mit einem Seufzer.) Er wird vielleicht geliebt!

Erlach. (mehr hitzig als neugierig.) Von wem?

Hügel. Ach von einem Mädchen, dem nichts mangelt, als die Wundergabe in Herzen zu schauen, um den zu wählen, dem es Alles seyn würde.

Erlach. Und dieses Mädchen? — denn was den Herrn betrifft, dem sie Alles seyn würde, so errathe ich ihn.

Hügel. Sie errathen ihn?

Erlach. Auch ohne die Wundergabe, in Herzen zu schauen. Aber das Mädchen?

Hügel. Mich dünkt, das hätten Sie leichter errathen sollen, denn ich sagte ausdrücklich: es mangle ihm nichts.

Erlach. Gehorsamer Diener! (bey Seite) Gewiß spricht er von Emmy. (laut) Und
Sie

Sie glauben also, der Franzos werde von ihr geliebt?

Hügel. Ich muß es fast befürchten.

Erlach. (halb furchtsam) Hm! sollte Er der Jemand seyn, den sie so emsig suchte?

Hügel. (bang.) Wie, Herr Hauptmann? sie suchte? —

Erlach. Einen Jemand — hohl' ihn der Henker! — mit einer solchen Hastigkeit, daß sie mich beynahe über den Haufen rannte.

Hügel. Würklich?

Erlach. Sie hatte nothwendig mit ihm zu sprechen.

Hügel. Ich bedaure, daß sie ihn vergebens sucht, denn vor einer Stunde hohlten ein paar Kammerjunker ihn zum Spazierritt ab.

Erlach. (baß in den Bart brummend.) Verdammter Bube; — ein solches Mädchen — das keinen Fehler hat — nur zu alt — zu alt!

Hügel. Wie zu alt? sie ist sechszehn Jahr.

Erlach. Desto schlimmer!

Fünfte

Fünfte Scene.

Emmy tritt auf, und ruft, als sie den Herrn von Hügel erblickt. Ach! da sind Sie ja.

Hügel. (befremdet) Ich Mademoisell?

Erlach. (eben so) Er?

Emmy. Ich suche Sie schon seit einer Stunde.

Hügel. Ich war hinaus auf die Wiese gegangen, weil ich nicht hoffen durfte, hier vermißt zu werden.

Erlach. Er war also der Jemand, den Sie suchten?

Emmy. Ja Herr Hauptmann, ich habe dem Herrn von Hügel etwas wichtiges zu sagen.

Erlach. Vermuthlich auch etwas Geheimes?

Emmy. Emmy hat kein Geheimniß vor ihrem Wohlthäter; aber es betrifft eine Freundin.

Erlach. (empfindlich) So so, ich verstehe. Das Ausbringen ist nicht meine Sache. Ich

werde

werde das Geheimniß ja wohl bald genug vom Hochzeitbitter erfahren. (er geht ab)

Sechste Scene.

Emmy und Hügel.

Emmy. Herr von Hügel, ich habe einen Auftrag an Sie.

Hügel. Wenn dieser Auftrag mir weh thut, wie ich fast vermuthe, so hat man wenigstens die Schonung für mich gehabt, einen sanften Boten zu wählen.

Emmy. Ich hoffe, ein Friedensbote zu seyn.

Hügel. Friede setzt Zwietracht voraus, und ich wüßte nicht —

Emmy. Sie haben meiner Freundin gesagt, daß Sie sie lieben.

Hügel. Gesagt blos?

Emmy. Keine Wortklauberey wenn ich bitten darf.

Hügel.

Hügel. Nun ja, leider! ich liebe Minchen.

Emmy. Warum leider?

Hügel. Ich bin ein simpler Landmann —
ich vergaß das einen Augenblick — Minchen
hat mich tief gedemüthigt — ich werde es nie
wieder vergessen!

Emmy. Gedemüthigt? das ist ein hartes
Wort.

Hügel. Die Sache war härter als der
Ausdruck. Wer einer redlichen Bewerbung nur
Spott entgegen sezt — wer einen Menschen,
dem Thränen der Liebe im Auge stehn, muth-
willig zum Tanze schleppt — nicht wahr, der
zeigt Verachtung?

Emmy. Lieber Herr von Hügel, kein vor-
eiliges Verdammungsurtheil! Sie möchten es
zu Minchens Füßen bereuen. Rechnen Sie
denn nichts auf die Verlegenheit eines armen
Mädchens? ich versichere Sie, die meisten
Albernheiten, die wir uns gegen das männliche
Geschlecht zu Schulden kommen lassen, entsprin-
gen aus Verlegenheit. — Wie, wenn Minchen Ihnen herzlich gut wäre? aber nur ein ge-
wisses

wisses Bekenntniß scheute, von welchem sie fürchtet, daß es den Werth der Geliebten in den Augen des Liebhabers vermindern dürfte?

Hügel (bitter lächelnd.) Sie setzen einen Fall voraus —

Emmy. Ich setze nichts voraus. Es giebt Dinge, Herr von Hügel, die unser Geschlecht für sehr wichtig hält, und die es, zum Glück, in den Augen des Ihrigen nicht immer sind. Wenn ein Mädchen nicht ganz das ist, was es scheint; so darf es, wenn es kann, wohl das Publikum, aber nicht den Mann hintergehn, den es heyrathen will.

Hügel. Minchen wäre nicht, was sie scheint? ich verstehe Sie nicht.

Emmy. Minchen ist ein schönes Mädchen —

Hügel. O gewiß!

Emmy. Eine reizende Gestalt —

Hügel. Warum sagen Sie mir das?

Emmy. Sie finden keinen Tadel an ihr?

Hügel. Sie wollen scherzen.

Emmy.

Emmy. Ein Mann, und vollends ein Liebhaber, übersieht so etwas leicht. Ein Frauenzimmer beobachtet schärfer.

Hügel. Ich bitte, reden Sie deutlicher.

Emmy. So wissen Sie denn, daß Minchens albernes Benehmen blos daher entsprang — weil sie sich schämte — und doch für nöthig hielt, Ihnen zu gestehen. — daß sie — seltsam! fast schäme ich mich selbst — (rasch) daß sie ein wenig verwachsen ist. Endlich war's heraus.

Hügel. Verwachsen?

Emmy. An der linken Seite. Ihre Amme ließ sie einst von der Treppe fallen. Der Schneider hat das sehr gut zu verbergen gewußt; aber in den Augen ihres künftigen Gemahls wollte sie nicht reizender scheinen als sie ist. Da haben Sie den Schlüssel zu dem Räthsel. Falsche Schaam hielt sie ab, Ihnen das selbst zu sagen; denn die meisten Mädchen würden lieber einen Fehler des Verstandes bekennen, als ein körperliches Gebrechen. Minchen gehört nicht unter diese gemeine Klasse, nur

die

die Zunge versagte ihr den Dienst. Jezt wissen Sie Alles; Sie wissen was Sie an körper-
lichem Reiz verlohren, und an Seelen-Schön-
heit gewonnen haben. Leise flüsterte meine
Freundin mir in's Ohr: Emmy, ich liebe ihn!
doch das laß ihn nur errathen. — Ich habe
meine Vollmacht überschritten. Der nächste
Augenblick wird mich belehren, ob ich diese Vor-
eiligkeit bereuen muß.

H ü g e l. (entzückt.) Ist es ein Traum! —
Minchen! edles Minchen! wo ist sie? wo find'
ich sie?

E m m y. Darf ich fragen, in welcher Absicht —

H ü g e l. Sie können noch fragen? meine
Geliebte!

E m m y. Das habe ich erwartet. Gehn
Sie. Wo sie ist, weiß ich Ihnen nicht zu
sagen. Einen Liebhaber führt der Instinkt.

H ü g e l. (forteilend.) Minchen! Minchen!

Siebente Scene.

Emmy allein.

Geh nur! so bald wirst du sie nicht finden.
Vermuthlich hat sie sich, abermals aus falscher
Schaam, in irgend einen Winkel verkrochen;
da sizt sie und lauscht, und ihr Herzchen klopft
hoch auf, bei dem Gedanken: jezt spricht Emmy
mit ihm. — (Sie seufzt.) Was war das? —
ich ertappe mich auf einem Seufzer? — es
regt sich doch wohl kein Neid in meiner Brust
über das Glück einer Freundin? — Nein!
nein! aber das darf ein Mädchen sich wohl ge-
stehn: einen redlichen Gatten finden, ist warlich neidenswerth. — Erlach ging und grollte,
wie es schien. Es war ihm nicht recht, daß
ich mit Hügel allein seyn wollte. — Warum
das? — (nach einer Pause.) Mädchen! Mädchen! verrathe ja Niemanden, was du jezt
dachtest.

(Sie versinkt in Träumereyen.)

Achte

Achte Scene.

Madam Moreau (tritt auf, sehr ärmlich, aber reinlich, gekleidet. Sie schwankt an einem Stabe, bleibt einigemal stehn, und blickt wehmüthig umher. Endlich nähert sie sich Emmy unbemerkt, und betrachtet sie vom Kopf bis zu den Füßen mit einer Mischung von Rührung und Neubegier.)

Madam Moreau. Um Vergebung Mamsell —

Emmy. (aus ihren Träumen erwachend.) Ach! — wer sind Sie, Madam? zu wem wollen Sie?

Mad. Mor. Bin ich hier in dem Hause des Hofrath Flachsland?

Emmy. Ja.

Mad. Mor. Sind Sie vielleicht seine Tochter?

Emmy. Ich wünschte, auch diese Frage bejahen zu können. Wollen Sie mit dem Hofrath sprechen?

Mad. Mor. Gern, wenn es geschehen kann.

Emmy.

Emmy. Folgen Sie mir, ich führe Sie zu ihm.

Mad. Mor. Ist er allein?

Emmy. Ich vermuthe.

Mad. Mor. Wenn er nicht ganz allein ist, so wünschte ich wohl, er käme einer alten Frau zu Liebe, die nicht mehr gut die Treppen steigen kann, herunter in den Garten.

Emmy. Ich will es ihm sagen.

Mad. Mor. Hat er Familie?

Emmy. Einen Sohn in Diensten, und eine Tochter.

Mad. Mor. Und Sie sind nicht diese Tochter? das ist Schade.

Emmy. Sie sind sehr gütig, Madam. Wie soll ich Sie dem Hofrath melden?

Mad. Mor. Eine arme alte Frau, nichts weiter. Ich hoffe, in einem Hause zu seyn, wo dieser Titel mir weder Thür noch Herz verschließt.

Emmy. Man hört, daß Sie den Hofrath bereits kennen. Er wird sogleich hier seyn.

(Sie geht ab.)

Neunte

Neunte Scene.

Madam Moreau allein.

Würklich? — Ach! gutes Kind! Vertrauen
auf Menschen ist eine Pflanze, die von der
Menschenliebe so sparsam begossen wird, daß
sie endlich verdorren muß. Ja, vormals war
er sanft und gut, aber auch jung. Die Jugend
ist weich, das Alter verknorpelt Alles. — Und
was darf ich von einem Bruder hoffen, da mein
einziger Sohn. — Stille! stille! sage es nicht
laut, arme Mutter! denk' du habest geträumt,
und erzähle Niemanden deine bösen Träume.
— Wird er sich meiner nicht schämen? —
Reiche Leute haben Vettern und Muhmen in jedem Winkel der Welt; der Arme ist nur mit
dem Elend verwandt. — Besser, ich ver-
schweige noch, wer ich bin, beobachte erst sein
Thun und Lassen — vielleicht bin ich als ein
Gegenstand der Wohlthätigkeit ihm willkommener, als wenn ich eine lästige Pflicht zu Hülfe
riefe. — Da eilt ein Mann die Allee herauf
— sind es die Züge meines Bruders Wilhelm?
— mich

— mich deucht, ja — ach Gott! wie mir das Herz klopft! — verrathe dich nicht! — denn wenn du dieses Haus noch Einmal fliehen müßtest, wo würdest du ein Grab finden! —

Zehnte Scene.

Der Hofrath. Madam Moreau.

Hofrath. Meine Pflegetochter hat mir gesagt, daß Sie mich zu sprechen wünschen. Worin kann ich Ihnen dienen?

Mad. Mor. Ich bin eine Emigrantin. Ich hatte Haus und Hof, Mann und Kinder; jezt habe ich nichts als diesen Stab; doch will ich lieber verschmachten, als ihn zum Betelstabe brauchen. Ich habe in meiner Jugend manches gelernt, was mir damals Vergnügen machte, und mir jezt vielleicht ein Stück Brod im Alter verschafft. Ich kann nähen und waschen, kochen und backen. Bester Herr Hofrath! brauchen Sie keine Haushälterin?

Hofrath. Es thut mir leid, Madam, Ihnen mit Nein antworten zu müssen.

Mad.

Mad. Mor. Vielleicht haben Sie kleine Kinder, die ich im Französischen und Englischen unterrichten könnte?

Hofr. Ich habe nur Eine Tochter, und die ist bereits erwachsen.

Mad. Mor. Ach Gott! so muß ich auch dieses Haus ohne Trost verlassen!

Hofr. Das sollen Sie nicht Madam. Ich habe Freunde, denen ich Sie empfehlen werde, und vor der Hand ein leeres Stübchen in meinem Hause, einen leeren Platz an meinem Tische.

Mad. Mor. Gott lohne Sie dafür mit einem immer frohen Herzen! O! so hat meine Freundin wahr gesprochen, als sie mir hier ein Unterkommen verhieß!

Hofr. Ihre Freundin? Haben Sie vielleicht eine Empfehlung an mich?

Mad. Mor. Ich bin aus Lion gebürtig, und kannte dort seit vielen Jahren ein unglückliches deutsches Weib — — Philippine Moreau.

Hofr. Gott! meine Schwester! lebt sie noch?

Mad.

Mad. Mor. Sie ist todt.

Hofr. Todt! — (die Thränen stürzen ihm aus den Augen. Er wendet sich, lehnt sich an einen Baum und weint still.)

Mad. Mor. (bey Seite, mit aufgehabenen Händen) Er liebt mich noch! Es ist noch Jemand auf der Welt der mich liebt!

Hofr. (vor sich hinstarrend) Die Erste Botschaft seit zwanzig Jahren! Sie ist todt!

Mad. Mor. Sie starb im Elende.

Hofr. O warum hat sie ihren einzigen Bruder so ganz vergessen!

Mad. Mor. Das hat sie nicht; aber sie schwieg aus Schaam. Soll ich, sprach sie oft, meinem Bruder in Lumpen unter die Augen treten? wird er mir meinen Fehltritt nicht vorrücken?

Hofr. Kannte sie das Herz ihres Wilhelms so wenig.

Mad. Mor. Soll ich mein väterliches Haus nur wiedersehen, um zu erfahren, daß meine guten Eltern mir ihren Fluch zum Erbtheil hinterließen?

Hofr.

Hofr. Vater und Mutter segneten sie auf dem Sterbebette.

Mad. Mor. Segneten sie? — O! warum kann ich dieß tröstliche Wort nicht in das Grab meiner Freundin flüstern!

Hofr. Lange, lange habe ich gehofft, sie werde doch endlich ihres Bruders gedenken, den sie als Knabe so herzlich liebte.

Mad. Mor. (feurig) Ja, ja, das that sie! (sich fassend) das hat sie mir erzählt.

Hofr. Meine Hoffnung, sie wieder zu sehn, wuchs mit diesen Blumen. Sehn Sie, Madam, diese beyden Linden haben wir gepflanzt, die Eine ich, die Andere meine Schwester. Die Zeit hat diese Aeste in einander geschlungen, und meiner Schwester Herz von dem Meinigen gerissen!

Mad. Mor. (sehr bewegt) Nein! nein!

Hofr. Jene Laube pflanzte unsere gute Mutter, ein Jahr vor ihrem Tode. Ich werde es nicht erleben, sagte sie, daß diese Zweige Schatten geben; aber vielleicht sitzest du hier noch einst mit deiner Schwester und gedenkst meiner.

Mad.

Mad. Mor. (die vergebens ihre Thränen zurückhalten will) Ich kann nicht mehr!

Hofr. (umfaßt eine der Linden.) Ich beneide unsere Vorältern um ihren süßen Aberglauben. Wie gern möchte ich den Geist meiner Schwester in dieser Linde wähnen.

Mad. Mor. (sinkt an ihrem Stabe nieder) Mein Bruder Wilhelm.

Hofr. (zu ihr eilend) Gott! was ist das?

Mad. Mor. (auf den Knien, ihre Arme ausbreitend) Wilhelm! mein Bruder!

Hofr. (stürzt in ihre Arme) Philippine! bist du es!

Mad. Mor. Ich bin es, verstoße mich nicht.

Hofr. Ich dich verstoßen? — (Pause.)

Mad. Mor. Guter Wilhelm! hilf mir unter diese Linden, die wir am Geburtstage unserer Mutter pflanzten. Damals umatmten wir uns neben den Sprößlingen, und die Mutter lächelte auf uns herab! laß jetzt in ihrem Schatten dich wieder an mein Herz drücken, und die Mutter wird noch Einmal herablächeln.

Hofr.

Hofr. (geleitet sie auf die Bank unter den Lin=
den, umarmt sie dort innigst, blickt mit nassen Augen
empor, und ruft:) **Mutter!** freue dich mit
uns! diesen Augenblick hast du von Gott für
uns erbeten!

Mad. Mor. (lehnt ihr Haupt an seine Brust)
Hier laß mich sterben!

Hofr. Hier sollst du an meiner Seite
die entflohenen Jugendfreuden dir vergegenwär=
tigen. Hier sollst du an meiner Hand jeden
Baum besuchen, von dem wir vormals Früchte
pflückten, jeden Grasplatz auf dem wir uns
zu lagern pflegten. Dann will ich dich hinauf
führen in das väterliche Haus, will dir das Zim=
mer zeigen, wo du als Mädchen wohntest. Noch
steht dort der braune Tisch, an welchem wir zeich=
neten, und der Schrank, in welchem du mir
Naschwerk aufbewahrtest — (er blickt auf
Mad. Moreau, welche halb ohnmächtig an seinem Bu=
sen ruht) Du hörst mich nicht? — Schwester!
was ist dir? — diese Todtenblässe — um
Gottes willen! — Hülfe! Hülfe!

Eilfte

Eilfte Scene.

Emmy und **Jahn** eilen von verschie-
denen Seiten herbey,

Jahn. Was giebts?

Emmy. Ach! die arme alte Frau ist krank
geworden.

Hofr. Sie ist meine Schwester!

Emmy. Ihre Schwester? (Sie steht Madam Moreau hülfreich bey, die sich langsam erholt.)

Jahn. Was? Mamsell Philippine?

Hofr. Ja guter Alter, du hast sie oft mit
mir beweint. Freue dich! wir haben sie wieder!

Jahn. Haben wir sie wieder? nun Gott
sey Dank! hätte ich doch nimmer geglaubt, daß
mir im December meines Lebens noch eine solche Blume wachsen würde. — Mamsell Philippine! kennen Sie den alten Jahn noch?

Mad. Mor. (reicht ihm die Hand) Guter
Jahn, lebst du noch?

Jahn. Es was sollt ich nicht! und Ihr
Pathgen lebt auch noch.

Emmy.

Emmy. Liebe Madam, soll ich Sie in's Haus führen? Sie werden es dort bequemer haben.

Mad. Mor. Nein liebes Kind. Die frische Luft, und der Anblick von Allem was mich umgiebt, sind mir die beste Arzeney.

Hofr. Wenn unsere Liebe dich erquickt, o! warum kehrtest du nicht früher zurück in unsere Arme!

Mad. Mor. Vergieb mir Bruder! vergebt mir gute Eltern! — Oft, wenn ich Muth faßte, die Schaam zu überwinden, warf mir das Schicksal unbezwingliche Hindernisse in den Weg. Ich floh mit meinem Gatten von hier in seine Vaterstadt Lion. Seine Eltern zürnten heftig. Sie hatten andere Absichten mit ihm gehabt, sie verstießen uns. Wir beschlossen, von der Alles versöhnenden Zeit eine günstigere Wendung unsers Schicksals zu erwarten. Von einem Freunde kärglich unterstützt, wanderten wir aus nach Amerika.

Hofr. Nach Amerika?

Emmy. Nach Amerika? darf ich fragen, in welcher Stadt Sie sich dort niederließen?

Mad.

Mad. Mor. In Charlestown.

Emmy. Mein Gott! (ängstlich harrend und bebend bleibt sie vor Madam Moreau stehn, die ihren Ausruf nicht bemerkt und fortfährt.)

Mad. Mor. Der Fleiß meines Mannes verschafte uns spärlichen Unterhalt, aber wir liebten uns, wir waren zufrieden. Der Himmel knüpfte unser Band noch fester, indem er uns zwey liebe Kinder gab, einen Sohn und eine Tochter —

Emmy. Auch eine Tochter?

Hofr. Wo ist sie?

Mad. Mor. Ach Wilhelm! frage mich nicht! der Himmel wollte mich für den Kummer strafen, den ich meinen Eltern verursacht. Der Krieg, in welchem Amerika seine Freyheit erkämpfte, machte uns bettelarm. Wir kehrten vor acht Jahren nach Europa zurück. Nur die Mutter meines Gatten lebte noch. Sie verzieh. Wir genossen abermals einen Augenblick der Ruhe, bis die fürchterliche Erschütterung Frankreichs auch unser Glück zertrümmerte. Mein Mann war ein warmer Patriot; er wurde ein Opfer der Habsucht und Anarchie. Mein

Sohn

Sohn — ein verführter Jüngling — emigrirte mit einigen vornehmen Taugenichtsen. Ach! nur zu gut ist es ihnen gelungen, einen selbstsüchtigen, eitlen Thoren aus ihm zu machen, Natur und Pflichtgefühl in ihm zu ersticken! Ich bekenne es mit Erröthen, daß er der Erste war, der aus den Thoren dieser Stadt mir entgegen kam.

Hofr. Dieser Stadt?

Mad. Mor. Ja, er ist hier, ich habe ihn erkannt, ich habe nicht einmal den kleinen Trost, zweifeln zu dürfen. In Begleitung einer wilden Schaar ritt er an mir vorüber. **Mein Sohn!** rief ich, und stürzte in die Kniee. Er hörte meine Stimme, er warf einen flüchtigen Blick auf mich, ich sah, wie seine Wange sich hochroth färbte, der Zügel bebte in seiner Hand. **Was ist das?** hörte ich Einen seiner Begleiter fragen. Ich streckte meine Arme aus: ich bin seine Mutter! wimmerte ich. — Ach! er schämte sich der knieenden Mutter. **Die gute Frau ist wahnwitzig,** rief er, und gab seinem Pferde die Sporn.

Hofr.

Hofr. Arme Schwester!

Jahn. Lieber Gott! solch Unkraut duldest du in deinem schönen Garten.

Mad. Mor. Ich halte. dem strafenden Arm der Vorsehung still. Als ich das Haus meiner Eltern von ferne erblickte, da erwachte das ganze Gefühl meines Unrechts, und plötzlich sandte mir Gott meinen Sohn entgegen, um mir Gleiches mit Gleichem zu vergelten. — Ich murre nicht — schon recht! — wer Vater und Mutter verließ, der bleibe im Alter Kinderlos!

Hofr. Aber deine Tochter —

Mad. Mor. Sie starb einen elenden Tod!

Emmy (hastig.) Sie starb? wo? wann?

Mad. Mor. Muß ich auch das noch erzählen? Die Engländer und Hessen stürmten Charlestown —

Emmy (außer sich.) Die Hessen!

Hofr. Weiter! weiter! liebe Schwester!

Mad. Mor. In einer fürchterlichen Nacht wurde die Stadt geplündert, und an allen vier Ecken angezündet. Alles floh, auch ich, an

der

der Hand meines Gatten, der unsere Tochter auf dem Arme trug. Der Knabe lief neben uns her. Fast hatten wir das Thor erreicht, als ein einstürzendes Dach meinen Mann zu Boden schlug. In demselben Augenblick drängte sich ein dichter Haufe von Einwohnern durch die enge Straße, und schob mich bewußtlos zum Thore hinaus. Erst nach zwei Tagen, die ich als Wittwe in den Wäldern herum irrte, fand ich meinen Gatten wieder. Er hatte sich gerettet — aber meine Emmy war verloren!

Emmy. Emmy! um Gottes willen!

(Sie stürzt bebend vor Madam Moreau nieder.)

Mad. Mor. Was ist das?

Hofr. (mit zitternder Stimme.) Schwester — auch dieses Mädchen heißt Emmy — auch dieses Mädchen wurde nach dem Sturm von Charlestown unter rauchenden Trümmern hervorgezogen —

Mad. Mor. Bruder! —

Hofr. Hast du kein Merkmal, deine Tochter zu erkennen?

Mad. Mor. Keines, als mein Herz!

Hofr. Ihr damaliges Alter ——

J   Mad.

Mad. Mor. Acht Jahr —

Hofr. Ihre Wäsche — A. M. gezeichnet —

Mad. Mor. (fast kreischend.) Amalie Moreau!

Hofr. Sie ist es!

Emmy. (in ihren Schoos sinkend.) Meine Mutter!

Mad. Mor. (fällt ohnmächtig zurück in ihres Bruders Arme.)

Jahn. (schluchzt und trocknet sich die Augen.)

(Der Vorhang fällt.)

Ende des dritten Akts.

Vier=

Vierter Akt.

Erste Scene.

Erlach. (tritt haſtig) auf; in der Mitte der Bühne bleibt er ſtehn, ſcheint zu überlegen; nach einigen Augenblicken finſtern Nachſinnens, ſtößt er den Stock gegen die Erde, als wollte er ſagen: Ja! ſo ſoll es ſeyn! und will fortrennen. Ihm begegnet der Hofrath, der ihn aufhält.)

Hofrath. Wohin? wohin?

Erlach. Fort!

Hofr. Was fehlt dir?

Erlach. Nichts!

Hofr. Du biſt ſeltſam.

Erlach. Verdammte Stunde, in der ich dieſes Haus betreten!

Hofr. Träumſt du?

Erlach. Nein! ich ſage Nein! es iſt nicht meine Sache! und ſoll es auch nie werden!

Hofr. Was denn?

Erlach.

Erlach, Flachsland, hast du lange keinen Narren gesehn? Sieh her, hier steht Einer.

Hofr. Wunderlicher Mensch, welche Ratte ist dir durch den Kopf gelaufen? wir suchen dich seit einer Stunde —

Erlach. Mich? — mich sucht Niemand. Ja, wenn ich ein Jemand wäre —

Hofr. Wir erblicken dich endlich auf der Wiese, wo du mit starken Schritten auf und nieder trabst, und mit den Händen fichtst —

Erlach. Das geht keinen Etwas an.

Hofr. Ich eile herab, um dir zu sagen —

Erlach. Ich weiß schon Alles.

Hofr. Unmöglich, die unverhoffte Entde-ckung —

Erlach. Halt's Maul! ich sage dir, ich weiß schon Alles. Das Mädchen ist Braut? nicht wahr? — mit dem Herrn von Hügel? nicht wahr?

Hofr. Wußtest du das schon? ich habe es erst, so eben erfahren.

Erlach. Da haben wir's! es ist richtig. Leb' wohl!

Hofr.

Hofr. Mein Gott, wo willst du hin?

Erlach. Meynst du, ich solle den Hochzeitgästen zum Gelächter dienen? he?

Hofr. Freund, so sah ich dich noch nie.

Erlach. Ich bin auch zum Erstenmale in meinem Leben ein Narr! aber es war von jeher mein Wahlspruch: nichts halb zu seyn. Ich bin ein kompletter Narr.

Hofr. Was kümmert dich diese Verbindung?

Erlach. Mensch! quäle mich nicht — frage mich nicht — bist du denn so vernagelt? — muß ich dir's vorbuchstabieren? — Nun ja, ich habe dir vorhin ein Kapitel über die falsche Schaam gelesen, und du könntest mir vorwerfen, ich laborirte an der nemlichen Krankheit. — so höre denn — und sollte ich mir die Worte mit Zangen aus dem Munde ziehen — ich — verdammt! — ich — es wird mich noch ersticken — ich bin verliebt! (er hält ihm den Mund zu.) und nun halt's Maul! halt's Maul, um Gottes willen!

Hofr. Du verliebt? ha! ha! ha!

Erlach. Da haben wir's, er lacht.

Hofr.

Hofr. Nein, es thut mir warklich leid. Wenn ich das nur früher gewußt hätte —

Erlach. So hättest du das Mädchen wohl gar überredet? prost die Mahlzeit! sie soll es nie erfahren! und wenn ein Wort über deine Zunge geht, so schieße ich mich mit dir!

Hofr. Wer konnte auch so Etwas vermuthen? in deinem Alter bekömmt man die Pocken selten.

Erlach. Schon recht.

Hofr. Man hütet sich, ein Sklave seines eigenen Herzens zu werden.

Erlach. Nur zu.

Hofr. Man schießt sich lieber todt.

Erlach. Kann geschehen.

Hofr. Vergieb mir den arglosen Scherz, und glaube mir, daß, wenn ich gleich den Herrn von Hügel für einen braven jungen Mann halte, ich doch lieber dich an seiner Stelle gesehen hätte.

Erlach. Paperlapapp!

Hofr. Aber nun laß dir erzählen —

Erlach. Ich will nichts wissen! Thu mir den Gefallen und schick nach Postpferden.

Hofr.

Hofr. Wie? du wolltest im Ernst. —

Erlach. Fort! und wenn du irgend einen Abgrund weißt, wo es keine Weiber giebt, so nenne mir ihn. (er sieht sich um) Ja, da haben wirs! da kömmt sie — hängt das Köpfchen fein empfindsam — wird mich wohl auch um meinen Segen bitten.

Hofr. Wer?

Erlach. (ohne sich umzukehren, zeigt mit der Hand hinterwärts.)

Hofr. Ich sehe Niemand als Emmy?

Erlach. Nun ja doch! — Ach Bruder! daß das Mädchen acht Jahr älter werden müßte!

Hofr. Sprachst du von ihr?

Erlach. Nun von wem denn?

Hofr. Die Braut des Herrn von Hügel?

Erlach. (ärgerlich) Das weiß ich ja schon auswendig.

Hofr. Ha! ha! ha! das ist köstlich — Lieber Erlach, ich lasse dich mit ihr allein. (Er geht ab.)

Erlach. (allein) Der Mensch hält mich noch zum Besten. — So gehts — man verliebe
sich

sich nur, und alles Unglück stürmt auf Einen los. — Er läßt mich allein mit ihr? — aber will ich denn mit ihr reden? — nein! — ich gehe meiner Wege! — Leben Sie wohl Mamsell! und wenn Sie noch Einmal im Schutt vergraben liegen bis an den Hals, so will ich verdammt seyn wenn — Erlach! Erlach! man muß für nichts auf der Welt schwören. — Sie kommt näher — was geht es mich an? — wenn ich gienge, so dächte sie wohl gar, ich liefe vor ihr? — nein, nein, Mamsell, so gefährlich ist es nicht. — Wir wollen uns hier in die Laube setzen. Vielleicht sucht sie wieder ihren lieben Jemand. (Er setzt sich in die Laube und spielt mit seinem Stocke im Sande.)

Zweite Scene.

Emmy und Erlach.

Emmy (tritt auf, ohne Erlach gewahr zu werden, nähert sich langsam den Linden, betrachtet sie mit froher Wehmuth, schlingt endlich beyde Arme um Einen der Bäume, sinkt auf die Kniee nieder, und ruft mit Inn-

Innbrunſt:) Hier habe ich die Erſten Freuden-
thränen geweint! Gott! ich danke dir!

Erlach. (für ſich, mit dem Kinn auf den Stock-
knopf geſtützt) Ja, ja, hier war es, wo ſie ihn
fand.

Emmy. Meine heißeſten Wünſche ſind er-
füllt.

Erlach. Heiße Wünſche? ſchickt ſich das
für ein Mädchen!

Emmy. Glückliche Zukunft!

Erlach. Das iſt noch die Frage.

Emmy. Vergeſſen iſt all meine Noth!

Erlach. Und Erlach obendrein.

Emmy. (aufſtehend) Ich muß den biedern
Erlach aufſuchen.

Erlach. Endlich kömmt die Reihe auch
an mich.

Emmy. Wie wird er ſich freuen!

Erlach. Ich zweifle.

Emmy. (indem ſie ſich umkehrt, erblickt ſie
Erlach) Ach da ſind Sie ja.

Erlach. (ſehr trocken, ohne die Stellung zu
verändern) Hier bin ich.

Emmy.

Emmy. (scherzend) Sie haben mich belauscht?

Erlach. Ist gar nicht meine Sache.

Emmy. Wissen Sie schon —

Erlach. O ja.

Emmy. Hat Ihnen der Hofrath gesagt, daß —

Erlach. Ja, der Hofrath hat mir gesagt.

Emmy. Aber Sie nehmen nicht Theil an meiner Freude?

Erlach. O ja, warum nicht? ich wünsche Ihnen Glück.

Emmy. So trocken?

Erlach. Ich kann nicht heucheln, und die Wahrheit zu sagen, ich hätte wohl erwartet, früher davon unterrichtet zu werden.

Emmy. Früher? wie könnt ich das?

Erlach. Warum schickten Sie mich fort? was zwischen Ihnen vorgieng, war mit Händen zu greifen.

Emmy. Ich verstehe Sie nicht.

Erlach. Der Lauf der Welt. Die Freundschaft gräbt ihre Ansprüche in das Herz, wie

ich

ich diese Buchstaben in den Sand; ein Hauch der Liebe, und alles ist verweht.

Emmy. Sollte mein Wohlthäter diese Liebe mißbilligen?

Erlach. O nein, was geht es mich an? ich habe keine Stimme bey Ihrer Wahl.

Emmy. Bey meiner Wahl?

Erlach. Sie lieben ihn, er ist ein vernünftiger Mann, wohlhabend, bescheiden —

Emmy. Er? — ihn? — was soll das heißen? wir mißverstehen uns.

Erlach. Keinesweges, der Hofrath hat mir gesagt, daß die Sache mit dem Herrn von Hügel richtig ist.

Emmy. O ja.

Erlach. Nun also

Emmy. Was geht das mich an?

Erlach. Was es Sie angeht? Das ist kurios.

Emmy. Ich bin mit Minchen aufgewachsen, wir lieben uns wie Schwestern, und in so fern freue ich mich ihres Glücks.

Erlach. Minchen? was hat die damit zu schaffen?

Em-

Emmy. Sie ist ja die Braut.

Erlach. Wollen Sie mich zum Besten halten?

Emmy. Bewahre der Himmel!

Erlach. Sie sprachen mit dem Herrn von Hügel — ?

Emmy. In Minchens Namen.

Erlach. Und gaben das Jawort — ?

Emmy. Für Minchen.

Erlach. Nein würklich? — nein im Ernst? — und der fromme Dank, mit welchem Sie an diesen Linden niederfanken — bloße Freundschaft gebahr dieß Entzücken? — Mädchen! Mädchen! selig dann wer deine Liebe theilt!

Emmy. Wie kommen Sie darauf?

Erlach. Sehr natürlich. — bey meiner armen Seele! — ich fühle mich so überrascht — aber desto besser! wenn der Soldat mitten im Feuer steht, so vergißt er die Gefahr.

Emmy. Lieber Herr Hauptmann, Sie sind räthselhaft.

Erlach. Kann wohl seyn, sprich ein halbes Wort, und ich löse dir das Räthsel.

Em-

Emmy. Ihre Kälte — Ihre Befremdung — Ihr Entzücken — gut daß wir ohne Zeugen waren.

Erlach. Warum?

Emmy. (scherzend) Ein dritter hätte Ihnen die Schande anthun können — Sie für verliebt zu halten.

Erlach. Schande? — ja, ja, es ist wohl eine Schande in meinen Jahren.

Emmy. Sagen Sie lieber bey Ihren Grundsätzen.

Erlach. Ich verbitte mir allen Spott.

Emmy. Wie dürfte ich —

Erlach. Sich schämen, alberne Grundsätze zu verlassen, ist falsche Schaam. Und kurz und gut! haben Sie nichts gemerkt?

Emmy. Was denn?

Erlach. Gar nichts?

Emmy. Nein.

Erlach. Es ist mir ein verdammter Streich wiederfahren.

Emmy. Ihnen.

Erlach. Rathen Sie einmal.

Em.

Emmy. Wie kann ich das?

Erlach. Versuch es nur, denn mir wird es schwerer zu sagen, als dir zu rathen.

Emmy. Wenn ich eitel wäre —

Erlach. Nun?

Emmy. So würde ich glauben —

Erlach. Was denn?

Emmy. Sie werden lachen.

Erlach. Es ist mir, hohl mich der Henker! gar nicht lächerlich zu Muthe. Nun, was würden Sie denn glauben, wenn Sie eitel wären?

Emmy. Daß — aber verzeihen Sie mir.

Erlach. Nur geschwind! ich verzeihe Alles.

Emmy. Daß Sie mich liebten.

Erlach. Ust endlich wars heraus!

Emmy. Ich erlaube Ihnen mich auszulachen.

Erlach. Und ich erlaube dir eitel zu seyn. Hast du mich verstanden?

Emmy. Eitel nur? Die Liebe meines Wohlthäters würde mich mehr stolz als eitel machen.

Erlach.

Erlach. Und der Herr Wohlthäter würde beym Stolz eben so wenig gewinnen, als bey der Eitelkeit. Still davon! ich mag das nicht mehr hören. Glaubst du mir etwas schuldig zu seyn, so laß uns liquidiren.

— Emmy. Ich armes Mädchen!

Erlach. Ja, ja, wer nicht zahlen mag, der stellt sich arm. Sie ist schön, sie ist gut, sie hat Verstand; aber arm! arm!

Emmy. Was ich bin und habe, verdank ich Ihnen.

Erlach. Paperlapapp! davon ist nicht die Rede. Ich merke wohl, du willst mich nicht verstehen. Ich bin dir zu alt — zu simpel — sag's gerade heraus.

Emmy. Das klingt ja fast —

Erlach. Wie ein Heyrathsantrag, nun ja! endlich sind wir an Ort und Stelle.

Emmy (nach einer Pause.) Sie machen mir diesen Tag zum merkwürdigsten meines Lebens.

Erlach. So? was heißt denn das? ja oder nein?

Emmy. Ich schätze Sie hoch —

Erlach.

Erlach. Weiter nichts?

Emmy. Ein Mädchen gesteht selten mehr.
Hätten Sie mich zum Worte kommen laffen,
so würden Sie schon längst wiffen, daß seit wenig Stunden noch eine dritte Person die heilig-
ften Rechte auf mein Herz mit Ihnen theilt. —

Erlach. Theilen? das ift nicht meine
Sache.

Emmy. Und daß Sie sich an meine Mutter wenden müffen —

Erlach. Ihre Mutter?

Emmy. Die Schwefter Ihres Freundes,
die einft mit ihrem Gatten nach Amerika entfloh, und dort in einer unglücklichen Nacht,
Haus, Hof und Kind verlohr.

Erlach. Verlohr? wie?

Emmy. Amelie Moreau hieß die beweinte
Tochter, die ein Biedermann unter rauchenden
Trümmern hervorzog; Amelie Moreau ift es,
die als Kind sich an Ihrer bunten Uniform er-
gözte, und seit sie denken kann, den Edelmuth
ihres Retters preißt. Der Mann, der mir
seine Hand hinab in den Schutt reichte, han-
delte brav; doch hätte vielleicht Mancher an fei-
ner

ner Stelle das weinende Kind dem Tode ent-
rissen, und es hernach seinem Schicksal überlassen. Aber der Mann, der seit acht Jahren seinen kargen Sold mit mir theilte — O!
dafür habe ich keinen Lobspruch! Lob und Ruhm
mögen Belohnungen für Heldenthaten seyn,
wozu es kaum Eines trunkenen Augenblicks
bedarf. Die edelsten Thaten sind nicht die
glänzendsten. Ein großes Opfer ist leichter in Einer Stunde gebracht, als tausend
kleinere in einem Zeitraum von acht Jahren —

Erlach. (der während sie feurig sprach, auf
mancherley Weise seine Ungeduld zu erkennen gab.)
Sind Sie bald fertig?

Emmy. Noch nicht, Herr Hauptmann
— (mit inniger Rührung.) Noch nicht, Freund
— Wohlthäter — Bruder! —

Erlach. Bruder? ich verstehe.

Emmy. Nein, Sie verstehen mich nicht!
wäre mein Herz gefesselt, ich würde seufzend bekennen: edler Mann! bedauren Sie mich,
ich kann Sie nicht lieben! — Aber Gott sey
Dank! mein Herz ist frey. Achtung und Wohl-
wollen, Freundschaft und Dankbarkeit — ja,

K   diese

diese Gefühle werden in Eines zusammen=
schmelzen, und dieses Eine wird Liebe seyn.

Erlach. Mädchen! ist das dein Ernst?

Emmy. Mit einem Erlach darf man keine
Uebereilung fürchten. Auch kam Ihr Antrag
mir nicht ganz unerwartet. Die bittere Kälte,
mit der Sie mich verließen, als ich den Herrn
von Hügel suchte und fand, verrieth mir, was Sie
vielleicht selbst kaum ahnten. Mein Herz klopfte
hoch auf bei dem Gedanken: meinem Wohlthä=
ter vergelten zu können; das Leben, das er mir
erhielt, zur Freude seines Lebens anzuwen=
den. Diese schmeichelnden Gedanken erzeugten
Hoffnungen — Wünsche — und nun Herr
Hauptmann — ohne Ziererey — ohne falsche
Schaam — wenn ein Herz voll Unschuld, ein
dankbares Vertrauen, und das Bestreben Ih=
rer werth zu seyn, Ihnen genügen, so werde
ich gern ihre Gattin.

Erlach (ergreift entzückt ihre Hand.) Mäd=
chen! — Mädchen! was machst du aus mir!
— ich könnte vor dir auf die Kniee nieder sin=
ken — wenn ich nicht so oft über das Knieen
gespottet hätte. — Da steh ich nun — möchte

reden

reden — und kann nicht — und verstumme
vor einem Geschöpf — das vor acht Jahren
nicht höher war als dieser Rosenstrauch — aber
kurz und gut! es bleibt dabei! du bist mein
Weib, mein liebes Weib! — Mögen sie mich
doch auslachen — ha! ha! ha! ich werde auch
lachen — da seht her, seht her! und versteckt
euren Neid hinter spöttelndes Grinsen. Sie
mein! hängt euch auf! Erlach zieht in sein
Vaterland, und jauchzt daß die Alpen wieder-
tönen! denn so wohl war ihm noch nie zu Muthe.
(Hastig, schwazhaft, indem er ihre Hand vertraulich unter seinen Arm nimmt.) Ja Mädchen, wir
wollen uns ein Gütchen kaufen, ein Alpenthal,
wo die Sonne freundlich in unsere Hütte schaut,
wo würzreiche Kräuter Gesundheit duften, und
wilde Rosen kunstlos blühn wie deine Wange.
Dort wollen wir uns unter die Tänze eines treu-
herzigen Hirtenvolks mischen — Juchhey! Erlach und sein braves Weib!

    (Er hebt sie hoch empor, und schwenkt sie im
    Kreise.)

    Emmy. Lieber Erlach, meine Mutter
kömmt.

                    Erlach.

Erlach. Wer? deine Mutter? fast hätte ich das Mährchen ganz vergessen. Also ist es doch wahr? — vergieb mir, wenn ich jezt nicht fragen mag, wie das zusammenhängt? Kommt mir's doch vor, als sey ich mit Emmy allein auf der Welt! als giengen die übrigen Menschen mich gar nichts mehr an!

Emmy. Lassen Sie uns um ihren Segen bitten.

Erlach. Ja! ja!

Er wirft Hut und Stock weg, nimmt Emmy in seine Arme, und trägt sie halb der Mutter entgegen.)

Dritte Scene.

Madam Moreau. Die Vorigen.

Erlach. Ihren Segen, Mutter!

Emmy. Liebste Mutter! dieser Mann ist mein Retter, mein Wohlthäter — und, wenn Sie einwilligen, mein Gemahl.

Mad.

Mad. Mor. Iſt das der Mann, dem ich meines Lebens lezten Troſt verdanke?

Erlach. Nichts! nichts! iſt Alles bezahlt. Wir haben eben liquidirt, und ſie behält einen ſtarken Saldo zu Gute.

Emmy. Er begehrt mich zum Weibe.

Mad. Mor. Gott! ſo viele Freude auf einen Tag! — Mein Segen iſt mit dir, folge deinem Herzen.

Erlach. (reißt Emmy in ſeine Arme) Her zu mir! der Mutter Segen haben wir, und wenn wir Hand in Hand, fromm und ehrlich durch die Welt gehn, wer will uns Gottes Segen ſtreitig machen!

Mad. Mor. Weiß mein Bruder ſchon —?

Erlach. Woher? — wußte ich denn ſelbſt vor einer Viertelſtunde —? Bravo! Flachsland mein Oheim — in dieſer Qualität darf er mich auslachen, und der Herr Neveu wird nicht muckſen. Komm, theure Emmy, laß uns ein Herz faſſen. Wir wollen den Spöttern dreiſt unter die Augen treten.

Emmy. Wofür haben wir uns zu ſchämen?

Erlach.

Erlach. Ich, daß ich zwey und dreyßig
Jahre lang ein Narr war, und du, daß du
es der Mühe werth hielteſt, einen ſolchen Narren zu bekehren.

Er will Arm in Arm mit ihr abgehn, und ſtößt

Vierte Scene.

*auf Minchen und Hügel, welche ihm Arm
in Arm entgegen kommen. Beyde Paare, ohne
ſich los zu laſſen, machen Fronte gegen einander.*

Erlach. Wer da!

Minchen. Gut Freund!

Erlach. Die Parole.

Minchen. Amor und Hymen.

Erlach. Bravo! Alles paart ſich. Das
iſt ſo recht meine Sache.

Minchen. Wie, Herr Hauptmann? das
war ſonſt gar nicht Ihre Sache?

Erlach. Andre Zeiten, andre Sitten.

Minchen. Das Heyrathen iſt eine ur-
alte Sitte, und wahrhaftig, Sie ſtehen da
mit Emmy, wie ein Bräutigam.

Erlach.

Erlach. Ja ja, die Bräutigamsphysio-gnomie hat Lavater vergessen; aber ein Frauen-zimmer erkennt sie auf den Ersten Blick.

Minchen. Emmy! Emmy! wer sollte glauben, daß der Mann der seinen Arm so fest um dich schlingt, nur dein Pflegevater wäre?

Erlach. Was Pflegevater! sie ist meine Braut. Und nun lacht! lacht! ich bin gepanzert gegen euren Spott.

Minchen. Nein würklich? Cousinchen, du sagst kein Wort?

Erlach. Was soll sie denn sagen? Sie hat Ja gesagt, und das ist genug.

Minchen. Oft auch zu viel. Wie liebe Tante? Sie haben das zugegeben?

Erlach. Warum soll sie es denn nicht zu-geben? he?

Minch. Ein Weiberfeind —

Mad. Mor. Desto mehr Ehre für meine Emmy.

Minchen. Ein rauher Kriegsmann —

Erlach. Eichenrinde ist auch rauh, aber der Baum giebt Schatten.

Minch. Er brummt und poltert immer—

Er-

Erlach. Gott sieht das Herz an.

Minchen. Ja, weil er hinein sehen kann.

Erlach. Das kann Emmy auch. (mit innigem Gefühl, ihre Hand auf seine Brust legend) Nicht wahr Emmy, du siehst in mein Herz?

Emmy. Lieber Erlach, es klopft für mich.

Minchen. O weh! meine arme Freundin! sie ist verlohren!

Erlach. Laß sie schwatzen.

Minchen. Der Herr Hauptmann ist ein zweyter Cäsar! er kommt, sieht und siegt.

Emmy. Kenne ich ihn denn nur seit diesem Morgen?

Minchen. Aber Er dich?

Erlach. Bah! wenn der Funke in eine Pulvertonne fällt, so fliegt sie in einem Nu in die Luft.

Minchen. Bah! ich habe nicht gewußt, daß Männerherzen Pulvertonnen wären. Doch zu geschehenen Dingen soll man das Beste reden, und da es nun Einmal so weit mit euch gekommen ist, so möge dieser feyerliche Knir euch sagen, daß —, nein, das taugt nicht. Komm

her

her liebe Emmy. (Sie nimmt sie beym Kopf und rückt sie.) Hast du mich verstanden?

Hügel. (reicht Erlach die Hand) Herr Hauptmann, ich freue mich herzlich ——

Erlach. (schüttelt ihm die Hand) So recht! ein deutscher Händedruck —— ich habe diese Sprache von der Redlichkeit erlernt. Nun Kinder! wann machen wir Hochzeit?

Hügel. Ich denke Morgen.

Erlach. Warum nicht heute?

Emmy. Um vier Wochen.

Minchen. Um Ein Jahr.

Hügel. Wer soll entscheiden?

Minchen. Hier, die Tante.

Mad. Mor. Nimm dich in acht, Kind, ich nehme immer die Partie des Schwächeren.

Minchen. Das sind wir Mädchen.

Erlach. Mit nichten!

Hügel. Am wenigsten als Bräute.

Mad. Mor. Fragt meinen Bruder, da kommt er eben.

Sechste

Sechste Scene.

Der Hofrath. Die Vorigen.

Minchen. (läuft ihm entgegen) Vaterchen! der Südwind hat eine böse Influenza über Ihren Garten geführt. Alles paart sich. Alles will heyrathen.

Hofr. Desto besser.

Minchen. Unser Platoniker, unser Murrkopf, unser Weiberfeind —

Erlach. Saubere Ehrentitel.

Minchen. Seit mehr als dreyßig Jahren hat er seinen Kopf zum Eiskeller gemacht, und kühle Sentenzen auf einander gehäuft; aber die blauen Augen dort haben sich durchgebohrt, und das Eis ist plötzlich hinweggeschmolzen

Hofr. Desto besser.

Erlach. Ja, Herr Oheim, wenn Sie nichts dawider haben —

Hofr. Nein lieber Neffe, er hat mehr Glück als er verdient.

Erlach.

Erlach. Die Spanier schiffen nach Amerika um Gold zu hohlen. Ich habe einen köstlichern Schatz von dort zurück gebracht!

Hofr. Du bist so stumm liebe Schwester?

Mad. Mor. Ich sollte mich nur der Gegenwart freun — ach! mein Sohn! mein einzlger Sohn!

Erlach. Ihr Sohn? wie Emmy, du hast noch einen Bruder?

Emmy. Wollte Gott! ich dürfte ohne Erröthen ihn Bruder nennen.

Erlach. Wo ist er? Wer ist er?

Mad. Mor. Stille davon! mein Herz blutet. Erzähle ihm das, wenn ihr allein seyd.

Hofr. Recht Schwester, laß uns diese heitere Stunde durch keine Klage trüben. Ich sehe mit Vergnügen, daß der bunte Schwarm davon geflattert ist.

Minchen. Mama schützte Kopfschmerzen vor, und Einer nach dem Andern schlich sich fort.

Hofr.

Hofr. Wo ist deine Mutter? sie allein fehlt uns hier.

Minchen. Sie hat sich eingeschlossen.

Hofr. Eingeschlossen? vor uns? was bedeutet das?

Erlach. Ich wette, nichts Schlimmes.

Mad. Mor. Sie empfieng mich mit der herzlichsten Liebe, sie schien entzückt über meine unvermuthete Erscheinung: „Der Himmel, rief „sie, zahlt mir meinen Lohn voraus! aber liebe „Schwester, gehn Sie! erst nach einer Stunde „kann ich Sie recht herzlich willkommen heißen; „erst nach einer Stunde hoffe ich, dieser „Freude werth zu seyn!

Hofr. Unbegreiflich, räthselhaft!

Erlach. Was giebst du mir, wenn ich dir auf die Spur helfe?

Sieben=

Siebente Scene.

Jahn. Die Vorigen.

Jahn. (weinerlich) Ach Herr Hofrath!

Hofr. Was fehlt dir?

Jahn. Ich bin schon ein halbes Jahrhundert in Ihren Diensten.

Hofr. Nun?

Jahn. Schon als Knabe mußte ich hier das Unkraut jäten, lange vorher ehe Sie gebohren wurden. Freylich war ich damals noch so klein und dumm, daß ich einst die Petersilie ausrupfte, und das Unkraut stehen ließ.

Hofr. Recht gut lieber Alter, das wiederfährt auch wohl großen Kindern. Aber warum weinst du?

Jahn. Weil ich in Gefahr stehe, selbst wie Unkraut auf die Straße geworfen zu werden; und — nicht wahr Herr Hofrath? — bin ich gleich kein Pfirsichbaum, so bin ich doch auch keine Nessel in Ihrem Garten?

Hofr. Wer will dich antasten?

Jahn.

Jahn. Bis jetzt hat man mich freylich verschont; aber wenn Ein Baum nach dem Andern umgehauen wird, so muß die Reihe wohl endlich auch mich treffen. Monsieur Rosat, der Friseur, Mäster Blfftick der Bereuter, Signor Makeroni der Koch, und Herr Wanstmann der Thürsteher, sind sämmlich in Gnaden verabschiedet.

Hofr. Wie?

Erlach. Aha.

Jahn. Einer nach dem Andern wird hineingerufen, erhält eines halben Jahres Lohn, und muß sein Bündel schnüren. Jetzt ist die naseweise französische Mamsell drinn, und wenn die abgefertigt ist, so kommt vielleicht die Reihe an mich. — Bedenken Sie, Herr Hofrath, ich bin ein alter Baum, der läßt sich nicht mehr versetzen. Dann habe ich auch kleine Schößlinge neben mir, wo sollen die bleiben?

Hofr. Sey unbesorgt. Du hast mich auf deinen Armen getragen, mir manches Vogelnest erklettern helfen; so lange ich lebe, soll man dein Nest nicht stöhren.

Jahn.

Jahn. Tausend Dank! ist ja auch kein Sperlingsnest, daß man die Kirschen mit Netzen zudecken müßte.

Hofr. Aber ich begreife nicht —

Erlach. Wirst schon begreifen. Da kommt dein braves Weib. Fort! fort! aus dem Wege! es giebt hier eine Ehestandsscene, die spielt man nicht gern vor Zeugen. Kommt, laßt uns sehen, ob die Musikanten auch schon den Laufpaß erhalten haben? das wäre mir nicht recht, denn heute will ich tanzen, und sollte ich mir die Musik selbst vorbrummen. (Er bietet Madam Moreau den Arm, die Uebrigen folgen.)

Jahn. Meine Alte sitzt auf der Bleiche, und begießt die Leinewand mit Thränen. Ich muß hin, ich muß ihr sagen: weine nicht Alte! so lange wir leben, wird in diesem Garten immer noch für uns ein Kohlkopf wachsen.

(er geht ab.)

Der Hofrath (blieb in tiefen Gedanken stehen, und bemerkte kaum daß er allein gelassen wurde.)

Achte

Achte Scene.

Die Hofräthin (in einer sehr einfachen häuslichen Kleidung. Sie nähert sich dem Hofrath leise, und legt ihre Hand sanft auf seine Schulter.) So in Gedanken lieber Mann?

Hofr. Ah! bestes Weib! ich dachte an dich.

Hofräthin. Und sahst doch so finster aus?

Hofr. Dein Anblick verscheucht jede Falte, diejenigen ausgenommen, die das Alter mir grub.

Hofräthin. Häusliche Zufriedenheit giebt auch dem Alter glatte Wangen.

Hofr. Dann muß ich einem Jüngling gleichen.

Hofräthin. Die Hand aufs Herz, du hintergehst mich.

Hofr. Wie? zweifelst du an meiner Liebe?

Hofräthin. Nein, aber zu einer glücklichen Ehe gehört mehr als Liebe.

Hofr. Mehr als Liebe?

Hofräthin. Die Liebe schmückt des Lebens Frühling, und die Ehe den Sommer.

Doch

Doch wer über dem Tändeln vergaß, den Saa-
men des Zutrauens auszusäen, wie darf der im
Herbst häusliches Glück zu erndten hoffen?

Hofr. (lächelnd) Wozu diese Poesie?

Hofräthin. Poesie? Nun wohl. Die
Dichtkunst ist der Wahrheit Kammermädchen,
sie muß ihre Herrschaft ankleiden.

Hofr. Aus deinem Munde höre ich auch
nackte Wahrheiten gern.

Hofräthin. Sehr galant. Weil du doch
Einmal im Zuge bist, mir schöne Dinge zu sagen, so erlaube mir geschwind eine Frage: wie
gefalle ich dir so?

Hofr. Du bist so einfach, so niedlich gekleidet — Du bist allerliebst.

Hofräthin. Hübscher als gewöhnlich?

Hofr. Weit hübscher in meinen Augen.

Hofräthin. Warum beschenkst du mich
denn alle Augenblicke mit Atlas und Taft?
Warum zwingst du mich, jede alberne Mode
mitzumachen?

Hofr. Du besuchst Gesellschaften —

Hofräthin. Aber muß ich denn Gesellschaften besuchen?

L

Hofr.

Hofr. Um deines Vergnügens willen —

Hofräthin. Wer sagt dir, daß ich irgendwo mehr Vergnügen finde als bey dir? — Dies einfache Negligee — o! ich weiß recht gut, daß es mir besser steht als eine Gallakleidung — es ist blos für dich, lieber Mann; bescheiden, Anspruchlos — (scharfhaft) in diese Rockfalten setzt sich kein Staub der Eifersucht.

Hofr. Eifersucht? ich will nicht hoffen, daß du mich deren fähig hältst?

Hofräthin. Warum nicht? wenn du mich liebst —

Hofr. Aber mein Zutrauen —

Hofräthin. Da steckt es eben. O guter Mann! du heuchelst mir Zutrauen, und quälst dich im Verborgenen mit bösen Grillen. Hatte ich nun nicht Recht zu sagen: daß Liebe allein zum Glück einer Ehe nicht hinreicht?

Hofr. (verlegen) Du thust mir Unrecht —

Hofräthin. Nein, nein, ich weiß Alles, und erspare dir das Bekenntniß. Eine schmerzhafte Stelle muß man heilen, ohne sie viel zu berühren. Nur das laß mich noch hinzufügen: du selbst hast mich immer in die große Welt hinaus.

hinausgestoßen; du selbst hast Gecken und Laffen Thür und Thor geöffnet. Du fürchtetest, dein junges Weib werde Langeweile in deinem Hause finden? das war falsche Bescheidenheit. Als ich nun deinen Willen that, da marterten dich heimlich seltsame Träume; aber du schämtest dich ihrer, und das war falsche Schaam. Mann und Weib dürfen sich auch ihre Träume nicht verschweigen. Ein Wink wäre mir genug gewesen. Ich hätte dich vielleicht ein wenig ausgelacht, aber gern deiner Ruhe ein nichtswerthes Opfer gebracht. O! wie manches Eheband zerriß vielleicht, weil das Band des Zutrauens keinen Knoten um beider Herzen schlang! O! wie manche Flamme mag nicht mehr zu löschen seyn, weil Mann oder Frau den Ersten Funken verheimlichte!

Hofr. (sie in seine Arme schließend) Gutes, vortrefliches Weib! vergieb mir!

Hofräthin. Ich vergebe dir, aber nur unter Einer Bedingung: du wirst dir gefallen lassen, von nun an keinen Schritt ohne mich zu thun. Wenn du schreibst, sitze ich mit dem Strick-

Strickstrumpfe neben dir, und wenn du fertig
bist, bleiben wir beisammen.

Hofr. Du belohnst mich, schöne Seele,
statt zu strafen.

Hofräthin. O! ich habe mir auch eine
Strafe ausgedacht. Du bist gern in der Stadt,
aber ich lieber auf dem Lande. In drei Jahren
sind wir nur ein einzigesmal auf unserm Gute
gewesen, das ist himmelschreyend! und zur
Strafe sollst du nun den ganzen Sommer mit
mir dort zubringen.

Hofr. Karoline! das ist zu viel!

Hofräthin. Ich kann dir nicht helfen.
Und zwar wirst du dort mit Hausmannskost vor-
lieb nehmen, denn ich habe unsern privilegirten
Giftmischer abgeschafft.

Hofr. Du hast, wie ich höre, große Ver-
änderungen im Hause vorgenommen?

Hofräthin. Eine förmliche Staasum-
wälzung.

Hofr. Deine Bequemlichkeit wird dabei
verlieren.

Hofräthin. Und meine Zufriedenheit dabei gewinnen. Mann! Mann! auch das mußte

ich

ich von einem Fremden erfahren, daß der Luxus, welchen du mir täglich anpriesest, der Ueberfluß, in welchem du mich schwimmen sehen wolltest, auf Kosten deiner Ruhe erkauft wurden; daß ich deine Kinder bestahl, um allerley Gattungen von Langerweile mit dem Raube zu bezahlen.

Hofr. Gewiß hat Erlach —

Hofräthin. Gott sey Dank! der ihn zu meiner Rettung sandte. Ohne ihn wäre ich fortgetaumelt — zu spät erwacht! — Böser Mann! und das war wieder deine Schuld, Mangel an Zutrauen. Du hieltest die Weiber für unfähig, den Werth eines Biedermannes zu schätzen, wenn er nicht immer mit vollen Händen erscheint, wie die Unterthanen des Schachs von Persien; lerne uns besser kennen. Ein Weib ist stolzer auf einen braven Mann, als auf ein Paar brillantne Ohrgehänge; es geht lieber mit der Achtung seines Gatten unbemerkt zu Fuße, als es, ohne sie, im glänzenden Phaeton die Blicke der gaffenden Menge auf sich zieht.

Hofr. (stürzt zu ihren Füßen.)...Karoline!

Hof-

Hofräthin (lächelnd.) Lieber Flachsland, zum Erstenmale muß ich dich erinnern, daß
du vierzig Jahr alt bist. Das Knieen ziemt
dir nicht.

Hofr. Ja, ich habe dich verkannt! vergieb mir!

Hofräthin (hebt ihn auf und umarmt ihn.)
Es ist vorbei. Wir ziehen aufs Land, nicht
wahr? und in einigen Jahren ist meine Ver-
schwendung wieder gut gemacht. O! wie manche Wirthschaft geht zu Grunde, weil der Mann
sich schämt, seiner Frau die wahre Lage seiner
Umstände zu entdecken. Meine heutige Erfahrung hat mich von dieser traurigen Wahrheit so
innig überzeugt, daß, wenn ich jezt vor einer
großen Versammlung stünde, ich meine Arme
ausbreiten, und voll Menschenliebe jedem Haus-
vater zurufen würde: Vertraue deinem Weibe!
du stehst vielleicht am Rande eines Abgrundes,
Zutrauen könnte dich retten! verbanne die falsche Schaam, diesen Zwitter von Prahlerey
und Eitelkeit! vertraue deinem Weibe! deinem Freunde! und du wirst Trost für das Ver-
gangene,

gangene, Rath und Hülfe für die Zukunft
finden!

Hofr. Weib! welch ein Geist spricht aus
dir!

Hofräthin. Ich wäre ein gemeines
Weib, wenn Liebe und Pflicht mich nicht begei-
stern könnten.

Hofr. Ich sollte mich schämen, daß eine
Frau von fünf und zwanzig Jahren mich reifen
Mann in die Lehre nehmen muß, doch das
wäre wieder falsche Schaam, und die sey auf
ewig aus meiner Brust verbannt! Von heute
an siehst du, wie Gott, jeden geheimen Herzens-
gedanken; selbst solche, die das Tageslicht scheuen
müssen, will ich dir in's Ohr flüstern, und wo
eine Schwachheit sich verstecken will, da soll die
Erinnerung an diese Stunde sie hervorziehen,
daß du sie gutmüthig belächelst — und ver-
zeihst.

Hofräthin. Ich danke dir, Gott! es
ist gelungen! mein Gatte ist wieder mein!

Hofr. Dein auf ewig! Aber theure Karoline, wähne nicht, du seyst durch zerrüttete Um-
ständе

ftände gezwungen, deine Jugend aufs Land zu
begraben. Ich bin immer noch wohlhabend.

Hofräthin. Begraben? — Sich selbst
und die Natur genießen, nennen die Menschen
ein Begräbniß. Nun wohl, so mögen uns
die Nachtigallen das Sterbelied singen.

Hofr. Du bist die Einsamkeit nicht gewohnt, liebe Karoline.

Hofräthin. Dem Manne zu Liebe
nimmt die Frau mit eben der Leichtigkeit eine
andere Lebensart an, mit der sie die Moden
wechselt. Vor einigen Jahren glaubte ich,
nur ein großer Hut kleide mich, und konnte
die Hüte immer nicht groß genug bekommen.
Jezt finde ich diese Mode abscheulich, und gefalle
mir nur in einem kleinen Hute. So wird es
auch hier gehn. Vier Wochen auf dem Lande,
und das Stadtleben wird mir wie ein großer
Hut vorkommen, ich werde nicht begreifen, wie
ich jemals Geschmack daran gefunden.

Hofr. Wohlan, wenn es dir Ernst ist —

Hofräthin. Hier hast du meine Hand.

Hofr. Ich fasse sie mit Entzücken!

Hof.

Hofräthin. Häuslichkeit sey unsere Freude.

Hofr. Und Ruhe im Schoos der Meinigen!

Hofräthin. Im Arm der Liebe —

Hofr. Von der Freundschaft gewürzt —

Hofrath. Von der Natur verschönert —

Hofr. Durch falsche Schaam beinah verscherzt —

Hofräthin. Durch Zutrauen wieder gewonnen —,

Hofr. (schließt sie in seine Arme.) Um sie nie wieder zu verlieren!

Hofräthin. Nie!

Neunte Scene.

Erlach. Die Vorigen.

Erlach. (sehr ereifert) Schlechter Kerl! wer ihm den Hals bricht, verdient ein Trinkgeld von mir.

Hofr.

Hofr. Was haſt du Bruder?

Erlach. Kaum konnte ich mich halten, ihm das ſpaniſche Rohr hinter die Ohren zu legen.

Hofr. Von wem redeſt du?

Erlach. Von dem allerliebſten Vicomte de Maillac, meinem ſaubern Herrn Schwager.

Hofr. (erſtaunt) Deinem Schwager?

Erlach. Der Schurke hat die Ehre, Emmys Bruder zu ſeyn. und ſchämt ſich ſeiner armen Mutter. Jetzt eben hüpfte er mit ſeiner gewöhnlichen Impertinenz zur Gartenthür herein. Als Madam Moreau ihn erblickte, ſchrie ſie laut auf: mein Sohn! — es war eine Stimme um Kiefel zu ſchmelzen. Der Bube ſtutzte und ſchien erſchrocken, aber die liebe Unverſchämtheit ließ ihn nicht im Stiche. „Die „Dame irrt ſich“ ſchniffelte er durch die Naſe. Wir alle ſtaunten, und erklärten ihm, jeder nach ſeiner Art, wie die Sache zuſammen hieng. Emmy nannte ihn Bruder, und ich einen Flegel. Die Mutter ſtand indeſſen mit zitternden aufgehobenen Händen, und ſchien nur Einen Wink zu erwarten, um in ſeine Arme zu fliegen. „Es war zwar immer mein Wunſch“ ſtotterte

stotterte der Nichtswürdige, „mit der Familie
„Flachsland verbunden zu werden; wenn
„aber diese Art die Einzige ist, die man
„mir zu wählen übrig läßt, —" und
damit zuckte er die Achseln, krümmte sich
wie eine Schlange, und schoß zur Thüre hinaus. Herr! rief ich ihm nach: unter allen
Gattungen falscher Schaam, ist das die schänd-
lichste, wenn man sich seiner armen Eltern
schämt, weil man nicht den Muth hat, den
elenden Spöttereyen einiger Hofschranzen zu
trotzen.

Hofr. Meine arme Schwester! wo ist sie?

Erlach. Die Mädchen suchen ihr die Thränen zu trocknen. Da kömmt sie her. Seht, wie
schnell der Schmerz einer Mutter die Wange
bleicht.

Zehnte

Zehnte Scene.

Madam Moreau, Hügel, Minchen, Emmy, die Vorigen.

Hofr. (ihr entgegen) Gute Schwester!

Mad. Mor. Ich bitte dich Bruder, rede nicht von ihm: rede Niemand mehr von ihm! Ihr müßtet ihn doch nur verdammen, und seine Mutter könnte ihn nicht vertheidigen. Es ist weit gekommen, wenn Mutterliebe schreigen muß! Ach! wäre er in der Wiege gestorben! so könnte ich sagen: der Tod nahm mir einen braven Jungen!

Emmy. (liebkosend) Sie haben noch zwey Kinder.

Mad. Mor. Das Verlohrne ist immer das Liebste!

Hofr. So giebt es keine wolkenlose Tage!

Mad.

Mad. Mor. Verzeiht mir, ich will nicht murren. Gott hat mir heute so viel gewährt! Ach! was war ich noch vor wenig Stunden! — kommt in meine Arme liebe Kinder! (sie umfaßt Erlach und Emimy, und lehnt ihr Haupt an der Tochter Busen.)

Erlach. Meine Hand darauf, Mutter, ich ersetze Ihnen den Buben.

Hofräthin. Was seh ich! unser Weiberfeind bekehrt?

Minchen. Die schnellen Bekehrungen sind sonst eben nicht die sichersten.

Erlach. Mamsell Weisheit, lernen Sie von mir, daß die Liebe von allen Gemeinsprüchen eine Ausnahme macht.

Minchen. Wenn man den Weibern so oft ewigen Haß geschworen hat —

Hügel.

Hügel. Den Weibern, aber nicht den Engeln.

Erlach. So recht Herr Vetter.

Minch. (zu Hügel) Mein Herr! es stehet geschrieben; Sie sollen nur Augen haben für mich. Geschieht das am grünen Bräutigams-holz, was soll aus dem dürren Ehestandsbaume werden? Nehmen Sie ein Beyspiel an meinem Vater; er ist kein Jüngling mehr, schon drey Jahr verheyrathet, und sehn Sie, wie sein trun-kener Blick auf meiner Mutter ruht.

Hofr. Suche ihr zu gleichen. Sie hat mich heute zum glücklichsten Mann gemacht! Freue dich Erlach! wir ziehen aufs Land.

Erlach. Amen!

Hofräthin. Danke ihm, lieber Mann.

Erlach. Pst! verrathen Sie mich nicht.

Hofr.

Hofr. Ein Freund dankt nicht mit
Worten.

Erlach. Lustig Kinder! hier ist ein red-
liches Häuflein beysammen, kein Engel dürfte
sich schämen, mitten unter uns zu treten.
Ihr habt diesen Mittag euch so manches Trink-
lied vorgurgeln lassen, jetzt müßt ihr mir zu
Gefallen auch ein Lied singen. (Er ruft in
die Scene) Blaßt Musikanten! blaßt! Freude, schöner Götterfunken! Tochter aus Ely-
sium!

(Die Musik hinter der Scene, spielt Schillers Lied
an die Freude. Flachsland nimmt sein Weib in
den rechten, und seine Schwester in den linken
Arm. An diese Gruppe ketten sich auf Einer
Seite Erlach und Emmy, und auf der Andern Minchen und Hügel. So stehen sie
Alle fest verschlungen, und singen:)

Wem der große Wurf gelungen,

Eines Freundes Freund zu seyn,

Wer ein holdes Weib errungen,

Mische seinen Jubel ein! u. f. w.

Der Vorhang fällt, und die letzten Töne verhallen
in der Ferne.

Ende.